Tobias Sans

Schlächterblut

Tobias Sans

Schlächterblut

Slasher - Splatter Horror

Bibliografische Information der Deutschen Nationalbibliothek:
Die Deutsche Nationalbibliothek verzeichnet diese Publikation in der
Deutschen Nationalbibliografie; detaillierte bibliografische Daten sind
im Internet über http://dnb.dnb.de abrufbar.

Herstellung und Verlag: BoD – Books on Demand, Norderstedt

ISBN: 978-3-7504-3426-4

Prolog

Lange war er unterwegs. Die Gebiete, welche er durchfahren musste, wurden abgelegener. Fernab jeglicher Zivilisation schien ein Ende in weiter Ferne. Das letzte Dorf, das er gesehen hatte, erinnerte eher an alte Zeiten, in denen man noch per Briefpost kommunizieren musste und es so etwas wie Telefonnetze nicht gab. Pferdemist, Kuhmist, der ganze Gestank. In der Stadt gab es so etwas nicht. Er könnte sich nie an einen solchen Anblick und die Gerüche, wie auch das Leben auf ländlichem Gebiet gewöhnen. Es war ihm zuwider. Ein lautes Piepsen riss den jungen Mann aus seinen Gedanken. Das Navigationsgerät hatte sich abgeschaltet. Etwas schien nicht zu stimmen. Für einen kurzen Augenblick stoppte er den Wagen, versuchte es wieder zum Laufen zu bekommen, doch das Display blieb weiterhin schwarz und auf eine Reaktion des Geräts hoffte er vergebens. Charlie wollte sich nicht davon abhalten lassen weiter zu fahren. Er musste seinen Weg fortsetzen. Seine Schwester rechnete mit seiner Ankunft. Sie war die Einzige, die ihm noch etwas bedeutete, auch wenn sie schon vor Jahren weit weg gezogen war, so standen sie beinahe noch täglich in Kontakt. Abermals startete er den Motor des alten Fahrzeugs, um seine Reise fortzusetzen. Es schien fast so, als hätte kein Mensch jemals einen Fuß in dieses Gebiet gesetzt, denn nirgendwo konnte er Anzeichen dafür entdecken, dass Leben existierte. Hier und da sah er auf der Straßenseite immer mal wieder alte Höfe, doch diese schienen unbewohnt, denn von weitem machten sie keinen lebhaften Eindruck. Vor ihm türmten sich Bäume auf, deren Baumkronen bis weit unter den Himmel ragten. Durch ihr dichtes Geäst war es schwer etwas zu erkennen. Die Dunkelheit war über ihn hereingebrochen. Dunkle Wolken hatten sich vor die Sonne geschoben, die gerade dabei war unterzugehen. Angst breitete sich aus. Es überkam ihn das Gefühl, dass etwas nicht mit rechten Dingen zugehen konnte. Charlie wusste nicht, warum er plötzlich so dachte, doch etwas in ihm sagte, dass er den Wald lieber hätte umfahren sollen. Machte er sich zu viele Gedanken? Steigerte er sich zu sehr in die Sache hinein? Wurde er beobachtet? Leuchtende Augen, die sich hinter den Bäumen hin und her bewegten, unter einem Schleier aufziehenden Nebels, schienen seine Fahrt zu verfolgen. Der Weg vor ihm schlängelte sich holprig dahin. Immer wieder durchfuhr er tiefe Schlaglöcher, die seinen Wagen zum Beben brachten und ein ruhiges Fahren beinahe unmöglich machten. Wie ein nie enden wollender Tunnel sah er kein Ende. Doch er musste weiter. Er musste seine Angst überwinden, welche er in diesem Augenblick bis tief in die Knochen verspürte. Der Mond war gerade dabei aufzugehen, als sich die Bäume um ihn herum verdichteten. Allein das Scheinwerferlicht seines Wagens machte es ihm möglich zu erkennen, wohin er fuhr. Plötzlich, aus heiterem Himmel stand etwas vor ihm. Direkt vor ihm auf der Straße war ein riesiger Schatten in Form eines Menschen aufgetaucht, der keine Anstalten machte, sich von dort wegzubewegen. Aus Reflex riss Charlie das **Lenkrad** zur Seite, kam vom Weg ab und schlug mit einem lauten Knall gegen einen

Baum, der seinen Wagen schließlich zum Erliegen brachte. Mit voller Wucht prallte sein Kopf auf das harte Lenkrad und raubte ihm kurzzeitig das Bewusstsein. Es waren Sekunden die vergingen, in denen er einfach nur auf dem Lenkrad lag, sich nicht rühren konnte.

Mit Schmerzen erwachte er langsam wieder und versuchte sich zu erinnern, was passiert war. Vorsichtig und etwas benommen entfernte er den Hüftgurt und versuchte vorsichtig aus seinem Wagen zu steigen. Sein Kopf tat ihm weh. Als er mit seiner Hand über die Stelle des Aufpralls strich, konnte er die Platzwunde spüren, welche er davon getragen hatte. Völlig hilflos schaute er sich draußen um. Was nun? Niemand war hier, der ihm helfen konnte. Niemand würde ihn hier jemals finden. Charlie verharrte mehrere Minuten auf seiner Position und versuchte die Schmerzen in seinem Kopf zu unterdrücken. Ihm wurde mehr und mehr bewusst, in welch missliche Lage er hineingeraten war. Plötzlich vernahm er einen stechenden Geruch in seiner Nase. Als er sich umschaute erkannte er das Unglück, welches sich vor ihm anbahnte, denn aus der Motorhaube seines Wagens hatten Rauchschwaden damit begonnen nach oben zu steigen und ihren Weg in die Baumkronen gesucht. Er drohte in Flammen aufzugehen, wenn Charlie jetzt nicht handelte. Schnell ging er an das andere Ende des Fahrzeugs um den kleinen Feuerlöscher aus dem Kofferraum zu holen. Nachdem er diesen in seinen Händen hielt, ging er wieder zurück. Er versuchte die Motorhaube seines Wagens zu öffnen. Dies jedoch erwies sich schwieriger als gedacht, denn das Aluminium war durch die starke Hitze sehr heiß geworden. Schließlich gab sich Charlie einen Ruck und mit einem kräftigen Griff konnte er den Blick auf den Motorblock freigeben. Schnell entriegelte er den Feuerlöscher den er in seiner Hand trug und besprühte die mittlerweile empor steigenden Flammen. Nach nur wenigen Minuten hatte er es geschafft. Die Flammen waren erloschen und Charlie konnte den Feuerlöscher wieder beiseitelegen. Er atmete auf. Schließlich kam ihm wieder der Fremde in den Sinn, welcher sich ihm plötzlich in den Weg gestellt hatte. Irgendwo musste dieser doch hin sein. Hatte Charlie ihn mit seinem Fahrzeug erwischt? Er war sich sicher, dass er ihm ausgewichen war und ihn nicht getroffen haben konnte, denn als er sich weiter in der Gegend um schaute, war dort niemand. Ein leises Donnern über ihm ließ ihn zusammenzucken. Ein Gewitter war im Anmarsch. Charlie musste sich etwas einfallen lassen. Er nahm sich eine Zigarette aus seiner Hemdtasche und zündete sich diese mit zitternden Händen an. Mit langsamen Schritten umrundete er noch einmal seinen Wagen um sicher zu gehen, dass nicht doch irgendwo der Fremde liegen würde. Hatte Charlie sich das ganze nur eingebildet? Ein starker Wind kam auf, der die Äste der Bäume wild hin und her bewegte. Immer wieder konnte Charlie Äste brechen hören, die unter der starken Last des aufkommenden Sturms nachgaben. Lange stand er einfach nur da. Betrachtete seine Umgebung, soweit er bei der Dunkelheit noch sehen konnte. Mittlerweile hatten sich **Blitz** und Donner dazu gesellt. **Plötzlich konnte er jemanden vor sich stehen sehen.**

Eine große Gestalt. Dort, nur wenige Schritte vor ihm auf der Straße. Sie trug etwas in ihrer rechten Hand, doch was es war, konnte Charlie nicht erkennen. Erneut blitzte es und das Bild des Unbekannten wurde klarer. An dessen Körper trug dieser ein dunkles kariertes Hemd, das übersät war mit Flecken. In seiner rechten Hand. Ein großes Beil. Abermals übermannte Charlie die Angst. Er musste weg von hier. Weg von diesem Menschen, der sich ihm so bedrohlich in den Weg gestellt hatte. So schnell es nur ging nahm er seine Beine in die Hand, rannte hinein in den Wald über einen kleinen Trampelpfad, der ihm kurz zuvor ins Auge gefallen war. Umliegende Bäume raubten ihm die Sicht und immer wieder musste er nach vorne blicken um nicht über Wurzeln zu stolpern, welche sich ihm in den Weg warfen. Blitze, die im Sekundentakt auf die Erde niederprasselten halfen ihm, den Weg zu finden, der sich vor ihm erstreckte. Nach mehreren Hundert Metern, die der junge Mann zurückgelegt hatte, endete dieser jedoch schließlich abrupt. Dornige Büsche hatten sich ihm in den Weg gestellt und versuchten ihn daran zu hindern weiter zu gehen, doch er ließ sich nicht davon abbringen, um sein Leben zu laufen. So schnell wie es ihm nur möglich war, wollte er weg von dem fremden Mann. Immer wieder warf er einen Blick nach hinten um sicherzugehen, dass der Abstand zwischen ihm und dem ihm Folgenden noch groß genug war. Dieser kam ihm immer näher. Charlie rannte so schnell er nur konnte, doch immer wieder blieb er an den Dornen hängen, die tiefe Löcher in seine Kleidung bohrten und seine Haut mit tiefen Kratzern übersäten. Regen drang durch die dichten Baumkronen hindurch und wässerten den Boden unter seinen Füßen, was es umso schwerer machte, den Waldboden unbeschadet zu durchlaufen, denn immer wieder drohte der junge Mann zu stürzen. Ein weiterer Blick nach hinten. Die dunkle Gestalt, die die Axt in der rechten Hand trug, wild umher schwingend war ihm schon gefährlich nahe gekommen. Schon bald hatte sie ihn eingeholt. Weshalb konnte der Fremde ihn nicht einfach in Ruhe lassen? Was hatte er ihm getan? Charlie setzte weiter einen Fuß vor den anderen, versuchte schneller zu rennen, bis er schließlich das Ende des Waldes erreicht hatte. Wohin konnte er jetzt noch gehen? Als er nach vorne blickte, konnte er in der Dunkelheit ein riesiges Feld entdecken. Mais wohin das Auge reichte und in der Mitte stand eine kleine Hütte, in der, wenn Charlie es richtig erkennen konnte, noch Licht brannte. Dies war seine Chance. Die Möglichkeit, dem Fremden zu entkommen. Was auch kommen sollte. Er musste versuchen dort hinein zu gelangen. Darum rannte er weiter. Der junge Mann schob die großen Stängel beiseite, die ihm im Weg waren. Die Bewohner der Hütte mussten ihm helfen. Sie konnten ihm diese Hilfe doch nicht einfach verwehren. Er wurde gejagt. Von einem kranken Irren, der grundlos nach seinem Leben trachtete. Die Wolken am Himmel hatten sich zurückgezogen und der Mond konnte sein helles Licht wieder von oben hinab auf die Erde werfen. Blitz und Donner hatten sich beruhigt und nur vereinzelt hörte man aus weiterer Entfernung das Rumoren des Himmels. Charlie versuchte sich zu orientieren in welche Richtung er gehen musste, denn die Maiswand, die sich vor ihm türmte, schien endlos. Schon bald würde er die Hütte erreichen. Der junge Mann lief immer weiter. Die Schritte des Fremden waren nicht mehr zu hören. Nur die abknickenden Stängel hinter ihm machten ihm bewusst, dass er ihm noch folgte. Schließlich schob er die letzten Maisstängel beiseite. Charlie hatte es geschafft und die Hütte erreicht, die er von weitem schon hatte sehen können. Konnte er dort sicher sein? Nur noch wenige Schritte trennten ihn von der Tür, doch kurz vor seinem Ziel stolperte er über einen vor ihm liegenden Stein, den er übersehen hatte, fing an zu straucheln und schlug mit voller Wucht auf dem Boden auf. Abermals durchfuhren seinen Körper starke Schmerzen. Charlie dachte jedoch nicht daran einfach aufzugeben, sondern rappelte sich erneut auf, lief die letzten Meter zu der Türe und öffnete sie mit einem kräftigen Ruck. Dann schlug er sie, so schnell es nur ging, wieder zu. Stille. Von seinem Verfolger, der sich vor wenigen Sekunden noch direkt hinter ihm befunden hatte, war nichts mehr zu hören. Der Wind, wie auch wenige Regentropfen waren das Einzige was er von draußen noch vernehmen konnte. Was auch immer passiert war, nun schien er in Sicherheit zu sein, konnte sich für einen Moment ausruhen, bevor er weiter überlegen musste, was er als nächstes tat. Es war ein großer Raum in dem der junge Mann stand, obwohl die Hütte von außen viel kleiner gewirkt hatte. Am anderen Ende war ein Kamin, in dem ganz leise ein Feuer loderte. In dem jungen Mann machte sich ein ungutes Gefühl breit. Die Wunde an seinem Kopf pochte immer noch. Wo waren die Leute, die hier lebten? Schließlich nahm er einen Stuhl, der nicht weit von ihm in einer

Ecke stand und blockierte mit diesem die Eingangstür. Wenn sein Verfolger doch noch auftauchen würde, so würde ihn dies mit etwas Glück für einen Augenblick aufhalten. Neben dem Kamin, der lodernd vor sich hin brannte, war noch ein kleiner Schrank, der wohl auch schon seit einer halben Ewigkeit dort stehen musste. In ihm befanden sich alte Bücher, die ihre besten Zeiten hinter sich gelassen hatten. Charlie nahm sich eines heraus. "Die Kunst der Schlachterei". Auch die anderen beinhalteten immer wieder das gleiche Thema. Immer wieder ging es um die unterschiedlichsten Arten der Schlachtung. Eine Methode schlimmer als die andere. Keine von diesen war in der heutigen Zeit mehr erlaubt, da war sich der junge Mann sicher. Plötzlich fiel ihm die Türe direkt hinter dem Schrank auf. Was hatte das zu bedeuten? Wieso wurde versucht diese zu verbergen? Mit aller Kraft schob er ihn langsam beiseite und erblickte die alte hölzerne Tür, welche sich dahinter verborgen hatte. Als er die Türklinke nach unten drückte, öffnete sie sich mit einem lauten Knarren und gab den Weg frei. Dunkelheit drang ihm entgegen. Eine alte Treppe, welche ihren Weg nach unten suchte, offenbarte sich ihm. Unten konnte Charlie nichts erkennen. Es war zu dunkel. Zurück konnte er nicht, denn noch war er sich nicht sicher, ob der Fremde nicht doch noch dort draußen auf ihn warten würde. Was auch immer dort unten, am anderen Ende der Treppe war, schon bald würde er es erfahren. Die Bretter der Treppe knarrten unter seinen Füßen. Mit jedem Schritt, welchen er vor den anderen tat, wurde ihm mulmiger zumute. Wo war er nur hineingeraten? Als er schließlich den letzten Schritt getan hatte, stand er am anderen Ende der Treppe. Nichts war zu hören. Alles war völlig ruhig. Nicht einmal der Regen oder das Gewitter waren von unten wahrzunehmen. Als er ein letztes Mal nach oben schaute wurde ihm bewusst, dass nun kein Weg mehr zurückführte. Charlie musste weiter. Ob es eine solch gute Idee gewesen war in den Keller zu gehen? Die Neugier, welche ihn in diesem Moment fest im Griff hatte, siegte. Allmählich fingen seine Augen an, sich an die Dunkelheit zu gewöhnen. Es war stockdunkel, doch als Charlie sich weiter mit zugekniffenen Augen umschaute, konnte er alles etwas deutlicher erkennen. Vieles gab es jedoch nicht in dem kleinen Raum, welcher eher wie ein kleiner leerstehender Durchgang wirkte. Rechts von Charlie. schien sich eine Tunnelöffnung zu befinden. An dessen weit entfernten Ende konnte er ein schwaches Licht erkennen, wie das einer Kerze, deren Flamme sich hin und her bewegte. Was verbarg sich dort? Wohin würde ihn dieser Weg führen? Er tastete sich an den Wänden entlang, um die Orientierung nicht zu verlieren. Plötzlich. Ein leises Tropfen ließ ihn für einen Moment innehalten. Er durfte sich jetzt nicht beirren lassen. Das schwache Licht in der Ferne wurde deutlicher, je mehr er sich diesem näherte. Nachdem er mehrere Meter vorangekommen war, trennten ihn nur noch wenige Schritte, von dem geheimnisvollen Licht. Nur noch ein paar Schritte und er würde herausfinden, was sich dort vor ihm verbarg. Sein Atmen wurde schwerer. Die Aufregung in ihm hatte ein hohes Maß erlangt und er vergaß den Schmerz, welcher von der klaffenden Platzwunde an seinem Kopf ausging.

Schließlich hatte er es geschafft. Er befand in dem kleinen Raum, dessen einzige Lichtquelle eine kleine Kerze nicht weit von dem Durchgang war. Viel erkennen konnte man nicht, doch es reichte ihm aus. Die Kerze stand auf einem hölzernen Tisch, der sich in der Mitte befand. Verschlossene Einmachgläser standen direkt daneben, doch was sich in ihnen befand, das vermochte er nicht zu erkennen. Langsam näherte sich Charlie diesem. Was war darinnen? Immer wieder blickte er zurück zu der Tunnelöffnung, aus welcher er gekommen war. Ob der Fremde ihn noch verfolgte, oder vielleicht die Jagd nach ihm aufgegeben hatte? Vom anderen Ende war nichts zu hören. Nur das Tropfen, wo auch immer es herkam, brachte ihn an den Rand des Wahnsinns. Dieses schreckliche monotone Tropfen. Als er schließlich den Tisch erreicht hatte, betrachtete er die Einmachgläser und nahm sich eines zur Hand. Für einen kurzen Augenblick kämpfte er mit dem in ihm aufsteigenden Brechreiz. Charlie konnte seinen Augen nicht trauen. Er wollte ihnen nicht trauen, denn was er sah, ließ seinen Herzschlag aussetzen. Augäpfel. Eingelegte Augäpfel, die direkt in seine Richtung schauten und ihn mit ihren Blicken durchbohrten. Mit einem lauten Klirren zersprang das Glas, welches er kurz zuvor noch in den Händen gehalten hatte, auf dem harten Betonboden. Das konnte einfach nicht echt sein. Das durfte nicht echt sein. Wohin war er hier nur hineingeraten? Ein lauter Schlag riss ihn aus seinen Gedanken. Vom anderen Ende des Tunnels vernahm er leise Schritte, die lauter und immer schneller wurden. Sein Verfolger hatte ihn gefunden. Charlie versuchte einen Ausweg aus seiner misslichen Lage zu finden, doch er konnte nichts entdecken, was ihm helfen würde, dem immer näher kommenden Fremden zu entkommen. Da entdeckte er sie. Eine Axt. Sie stand direkt neben den Tisch gelehnt. Blutverschmiert wie sie war, nahm der junge Mann sie in seine zitternden Hände. Nun war er bereit. Bereit zu kämpfen. Er wollte nicht sterben. Die Schritte wurden lauter, bis sie schließlich verstummten. Charlie blickte zu dem Eingang des Raumes, doch in der Dunkelheit konnte er niemanden dort stehen sehen und auch der Kerzenschein erhellte nicht die Tunnelöffnung, sondern lies das dahinter in völliger Dunkelheit liegen. Spielten ihm seine Sinne einen Streich? Plötzlich war aus dem Tunnel ein lautes und bedrohliches Atmen zu hören. Ein kalter Luftzug erfüllte den Raum. Die Kerze, welche soeben noch Licht gewährt hatte, begann zu flackern, bis sie schließlich erlosch und den Raum in tiefes Schwarz tauchte. Es war still. Plötzlich Schritte. Direkt vor ihm.

Ein dumpfer Schlag auf den Hinterkopf riss ihn von den Füßen. Es raubte ihm die letzte Kraft und er verlor die Axt aus seinen Händen. War dies das Ende? Noch immer war alles stockdunkel. Charlie versuchte, sich am Boden entlang zu ziehen, irgendetwas zu ertasten, doch erneut griffen seine beiden Hände ins Leere. Wo war die Axt? Mit seinen Händen tastete er verzweifelt den Boden ab, in der Hoffnung sie dort irgendwo zu finden, doch sie war nicht mehr da. Plötzlich ohne Vorwarnung spürte er, wie jemand seinen Fuß fest umgriff und ihn wegzog. Mit letzten

Kräften versuchte er sich zu wehren doch es schien keinen Ausweg mehr zu geben. Ein weiterer Schlag auf seinen Schädel raubte ihm schließlich das Bewusstsein.

Langsam öffnete er seine Augen. Er versuchte zu erkennen, wo er sich befand, was mit ihm passiert war. Wie lange war er nicht bei Bewusstsein gewesen? Sein ganzer Körper schmerzte, doch er war am Leben. Das war das Wichtigste. Schon nach nur wenigen Sekunden musste er jedoch feststellen, dass er nicht aufstehen konnte, denn seine Beine, wie auch die Hände waren an einem Metalltisch angekettet. Dicke Eisenketten umschlangen seine Gelenke, was ihm das Aufstehen unmöglich machte. Wild tobend versuchte der junge Mann, sich mit aller Kraft die ihm übrig geblieben war, von seinen Fesseln zu befreien. Sein Körper bebte. Schweißperlen rannen seine Stirn hinab, doch es schien aussichtslos. Er war gefangen und musste abwarten was als Nächstes passieren würde. Er wandte seinen Kopf nach rechts und konnte einen alten Holztisch an der Wand, nicht weit von ihm entdecken. Mehrere Messer lagen darauf, die im Schein von Kerzenlicht immer wieder aufblitzten. Alles andere im Raum war dunkel, denn nur diese eine Kerze, die auf dem Holztisch stand, bescherte ihm Licht und so einen kleinen Anhaltspunkt wo er sich befand. Was hatte der Fremde nur mit ihm vor? Aus einer Ecke des Raumes vernahm er ein leises Tropfen. Immer und immer wieder. Es begann sich in sein Kopf ein zu brennen. Dieses ständige sich wiederholende Geräusch. Dieses Tropfen. Es hörte nicht auf. Er lag da, konnte sich nicht bewegen. Es schien, als würde eine Ewigkeit vergehen. Die Hoffnung, jemals wieder aus dieser misslichen Lage herauszukommen, schwand dahin. Plötzlich konnte er sehen, wie hinter ihm jemand aus dem Schatten hervor getreten kam. Es war der Fremde, welcher die ganze Zeit dort gestanden und ihn beobachtet hatte. »Was wollen sie von mir? Lassen sie mich gehen. Ich habe ihnen doch nichts getan.« Doch jedes Flehen prallte an dem Unbekannten ab. Wortlos ging dieser hinüber zu dem Tisch, auf dem die Messer lagen, welche in geordneter Reihenfolge nur darauf warteten zur Tat zu schreiten. Seine Hände glitten langsam über die einzelnen Objekte und Charlie wurde bewusst, dass dies nun sein Ende bedeuten würde. Niemand konnte ihm jetzt noch helfen. Tränen rannen seine Wange entlang. Er schwitzte am ganzen Körper. Sein lautes Flehen und Betteln um Gnade verlief sich im Sande, denn der Fremde würdigte ihn keines einzigen Blickes. Er stand einfach nur da, mit dem Rücken zu dem jungen Mann, der panisch versuchte, etwas gegen seine Fesseln zu unternehmen. Plötzlich drehte sich der Fremde um, schaute in seine Richtung. In seiner rechten Hand trug er ein Schlachtermesser, welches er sich von dem Tisch genommen hatte. Langsam bewegte er sich nun auf den Metalltisch zu und ein leichtes Lächeln war auf seinen Lippen wahrzunehmen. Blutgetränkt und mit dem Geruch des Todes hing sein Hemd in Fetzen. In dem Jungen stieg die Angst ins Unermessliche. Seine Schreie wurden Lauter. »Hilfe! Bitte ich brauche Hilfe!« Doch jene Schreie, mit denen er versuchte sich gehör zu verschaffen, prallten an den dicken Wänden, die ihn umgaben, ab. Schließlich stand er direkt neben ihm. Das Messer fest in seiner Hand führte er die Klinge langsam von den Füßen des Jungen bis zu seinem Oberkörper, wo er schließlich innehielt. Mit einem kräftigen Schnitt zerfetzte er das T-Shirt des Jungen und legte so dessen nackten Oberkörper frei, der völlig schweißgetränkt und zitternd da lag. Er hob das Messer in die Höhe und wollte zum Stich ansetzten, als plötzlich ein lauter Knall von draußen ertönte. Der große stämmige Mann blickte zur Tür hinüber, die sich am Fußende des Metall-Tisches befand, legte das Messer zurück auf den Tisch und verließ eilig durch diese den Raum. Völlig in Panik und unter Todesängsten lag er noch immer da und wusste nicht, wie ihm geschah. Sekunden wurden zu Minuten, in denen nichts passierte, er einfach so da lag und darauf wartete, von seinem Leid erlöst zu werden. Doch auch nach einer Ewigkeit kehrte der mysteriöse Fremde nicht zurück. Wieder hörte er nur dieses Tropfen, welches sich unerbittlich in seinen Kopf hinein brannte. Ihn an den Rand des Wahnsinns trieb. Noch einmal versuchte er herauszufinden woher es kam, was dessen Ursprung war, aber er konnte nichts erkennen, so sehr er sich auch anstrengte. Die Dunkelheit, welche den Raum füllte war trostlos und das Licht der Kerze, welche auf dem Tische stand, war schwach und das Wachs schien sich dem Ende zuneigen. Ein Schrei ließ den jungen Mann zusammen zucken. Was war das? Woher kamen die Schreie. Immer und immer wieder hallten sie durch seinen Kopf. Hinter der Türe spielte sich etwas ab, denn die Schreie voller Schmerz, die immer lauter wurden, ließen dem jungen Mann das Herz aus der Brust herausspringen. Mit jeder Sekunde welche er lauschte, erlosch seine Hoffnung mehr und mehr, jemals wieder die Freiheit zurückzuerlangen. Schließlich war wieder alles still. Die Schreie waren verstummt. Was würde nun mit ihm passieren? Noch immer versuchte er sich von seinen Fesseln zu befreien, doch was er auch unternahm, nichts funktionierte. Die Fesseln um seine Handgelenke und Beine waren einfach zu fest. Charlie musste der Tatsache ins Auge blicken, dass es keinen Ausweg mehr gab. Er war dem was folgen würde hilflos ausgeliefert. Ohne eine Vorwarnung öffnete sich schließlich die Türe, doch er konnte dort niemanden sehen. »Hallo?« Er erhielt keine Antwort und auch vor der Türe war niemand zu sehen. Wie konnte sie nur von alleine aufgehen? Wo war der Fremde? Er hörte sein tiefes und bedrohliches Atmen. Im ersten Moment war er sich nicht sicher, ob er es sich nicht einfach nur einbildete, doch nein, es war da. Das konnte er sich nicht einbilden, auch wenn seine Gedanken ihm schon allzu oft einen Streich gespielt hatten. »Was habe ich ihnen getan? Bitte. Lassen sie mich gehen.« Wieder erhielt der junge Mann keine Antwort. Schließlich trat der Fremde in die Türe. Seine Kleidung schien mit noch mehr Blut getränkt zu sein, als sie es schon zuvor gewesen war. Abermals lief er in die Richtung des alten Tisches, auf dem alles noch so dalag, wie es zurückgelassen wurde. Mit blutverschmierten Händen griff er erneut zu dem Schlachtermesser und wandte sich dann dem jungen Mann zu. Jeder Schritt, den die große kräftige Gestalt auf ihn zu machte, ließ den Herzschlag von Charlie aussetzen. Der Fremde fuhr langsam mit dem Messer über die Arme des Jungen. Er schien es zu genießen ihn so zu quälen. Die kalte Klinge glitt über seine Haut. Die Augen des Fremden durchbohrten ihn und auf seinen Lippen lag abermals dieses schadenfrohe Lächeln, wie er es zuvor schon gehabt hatte. Charlie wusste: Er hatte keine Chance. Immer wieder flehte er um sein Leben. Charlie wollte nicht sterben. Schweißperlen rannen seinen ganzen Körper entlang und sein Kreislauf begann zu versagen. Vor seinen Augen wurde es schwarz und er hatte damit zu kämpfen nicht das Bewusstsein zu verlieren. Er konnte die scharfe Klinge auf seinen Handflächen spüren doch schließlich hielt der Fremde inne, wartete ab, wie der auf dem Tisch gefesselte reagierte und grinste diesem hämisch entgegen. Was er in diesem Augenblick dachte, konnte Charlie nicht wissen. Er schrie um sein Leben. Wollte, dass all das endlich ein Ende fand. Schließlich erhob der vor ihm stehende das Messer und holte zum Schlag aus. Charlie schrie, doch es war zu spät, denn das Messer schnellte von oben auf die Hand des Jungen hinab und trennte den Daumen von dem Rest der Hand. Es waren die schlimmsten Schmerzen, die er jemals erleben musste. Das Blut floss in Strömen und nach nur wenigen Sekunden hatte sich unter seiner Hand eine Blutlache gebildet. Charlie konnte nicht aufhören zu schreien, auch wenn er es wollte. Überall sein Blut. Er wünschte sich Tot zu sein, einfach um diese Schmerzen nicht mehr ertragen zu müssen. Erneut holte der Fremde zum Schlag aus und trennte auch den Zeigefinger des jungen Mannes mit einem knallenden Hieb vom Rest. Charlie flehte um Gnade, wollte alles dafür tun, dass diese Qualen endeten, doch auf eine Reaktion hoffte er vergebens, denn schon schwang das Messer erneut. Finger für Finger. Erst die eine, dann die andere Hand. Die Schreie des Jungen halten durch den Raum, bis er vor Erschöpfung keinen Ton mehr herausbrachte. Sein Leben zog an seinem inneren Auge vorbei. Immer wieder wurde es ihm schwarz vor Augen. Er konnte nicht mehr und wollte endlich ein schnelles Ende, doch der Fremde hatte noch lange nicht genug. Schließlich trat dieser weg von dem metallischen Tisch vor sich und ging wieder hinüber zu dem Tisch zu den anderen Werkzeugen, welche dort immer noch lagen und blieb dort einfach nur stehen. Dann nahm er sich die Axt, welche auf der rechten Seite des Tisches gelegen hatte, wandte sich seinem Opfer zu und fing an zu pfeifen. Eine seltsame und unheimliche Melodie entglitt seinen Lippen, die einem jeden das Blut in den Adern gefrieren ließ. Er stand nun direkt neben dem Jungen, der seinen Kopf immer wieder hin und her bewegte. Dann setzte er die Axt am Oberschenkel Charlies an. Ein kräftiger Hieb durchtrennte Haut und Knochen innerhalb kürzester Zeit. Charlie fiel in Ohnmacht. Der Fremde jedoch, setzte sein Spiel fort, hob abermals die Axt und durchschlug das andere Bein. Die Gliedmaßen legte er beiseite. Den Bewusstlosen vor sich liegend wollte er schließlich dem ganzen ein Ende bereiten. Die Axt hoch erhoben schlug er ein letztes Mal zu und enthauptete den jungen Mann, dessen Leben mit einem Male beendet war. Das Blut floss den Tisch entlang und tropfte schließlich auf den Boden. Es war vorbei. Der junge Mann hatte seinen letzten Atemzug getan.

Kapitel 1 - Die Zusammenkunft

Es war Samstagmorgen. Die Sonne warf ihre hellen Strahlen durch die Jalousien seines Fensters und weckte ihn aus seinem tiefen Schlaf. Er war keiner dieser Menschen, die an einem Wochenende, zu einer solchen Uhrzeit aufstanden. Doch er und seine Freunde hatten schon lange diese Reise geplant und darum musste er dieses Mal seine Prinzipien beiseite werfen. Er war froh, dass endlich die Semesterferien begonnen hatten. Jack, der 22 Jahre alte Student, der nun in seinem vierten Semester steckte, hasste es, täglich dort sitzen zu müssen um den Professoren zuzuhören. Jetzt jedoch war es an der Zeit, die Ferien in ihrem vollen Umfang auszunutzen. Seine Freunde hatten schon immer eine wichtige Rolle in seinem Leben eingenommen, aber seitdem sie alle ihr Studium angetreten hatten, war die Freundschaft schon oft zu kurz gekommen. Jack wollte mit ihnen einfach nur mal abschalten, das Leben genießen. Das hatten sie sich schließlich verdient, nachdem sie die letzten Monate für die anstehenden Prüfungen nächtelang mit Lernen verbracht hatten. Nun wollten sie endlich einmal gemeinsam etwas unternehmen. An einem Ort, wo sie niemand stören würde. Als Jack auf seine Armbanduhr blickte, war es gerade mal 9:15 Uhr, doch schon bald wollten auch seine Freunde bei ihm zu Hause eintreffen, nur wann genau dies sein sollte, das wusste er nicht. Er rechnete sowieso damit, dass sie sich verspäteten. So war es Jack von ihnen gewohnt. Nachdem Jack über die Pizzaschachteln gestiegen war, die überall auf dem Boden verstreut lagen, zog er die Jalousien seines Dachfensters langsam nach oben. Die Sonne wärmte seine Gesichtszüge. Es versprach ein schöner aber auch sonniger Tag zu werden, wie es seit Langem nicht mehr gewesen war. Genau das hatte auch der Wetterbericht am Tage zuvor in den Nachrichten verkündet. Der Sommer war etwas Schönes. Er blickte aus dem Fenster und betrachtete Minuten lang die Bäume, die sich sanft im Wind hin und her bewegten. Schließlich war es jedoch an der Zeit, sich für die Abfahrt bereit zu machen. Nachdem er sein Zimmer verlassen hatte, stand er in dem alten Flur seines Elternhauses im obersten Stockwerk. Die Bilder an den Wänden, die ihn immer wieder an seine Kindheit erinnerten, stachen ihm jeden Tag aufs Neue in die Augen. Jack wusste nicht, wie er es finden sollte, immer aufs Neue daran erinnert zu werden, wie unbeschwert seine Kindheit damals doch gewesen war. Seine Eltern hatten ihm immer alles gegeben, was er wollte. Er war Einzelkind. Keine Geschwister, die ihm etwas streitig machen konnten. An manchen Tagen hatte er sich schon einen Bruder oder eine Schwester gewünscht, doch mit seinem Leben wie es jetzt war, war er soweit eigentlich zufrieden. Er konnte tun und lassen was er wollte. Nachdem er sich noch mal alle Bilder angeschaut hatte und in alten Erinnerungen versunken war, lief er weiter in Richtung des Bades, welches sich am Ende des alten Flures befand. Der Dielenboden knarrte unter seinen Füßen, als er hinüber lief, doch daran hatte er sich gewöhnt. Jack erinnerte sich noch gut und gerne daran, wie er früher versucht hatte sich unauffällig aus dem Haus zu schleichen, doch genau durch diesen Boden wurde jeglicher Versuch meistens verhindert. Als der junge Mann im Bad angekommen war, betrachtete er sein Spiegelbild über dem Waschbecken und erschrak beinahe selbst bei dem Anblick, welcher sich ihm bot. Dicke Augenringe, die ihm erneut deutlich machten, dass er in der letzten Zeit zu wenig Schlaf abbekommen hatte. Seine langen braunen Haare waren fettig. Er fühlte sich so dreckig wie seit Langem nicht mehr. Kurzerhand entledigte er sich seiner Boxershorts und sprang in die Dusche. Lange hatte er nicht mehr Zeit, bis die anderen kamen, doch er kam einfach nicht drum herum, noch einmal sein Äußeres auf zu frischen. Nachdem er seine Dusche beendete hatte, band er sich seine langen braunen Haare zu einem Zopf zusammen. Dann stutzte er seinen Bart zurecht, der nach einer Woche wie die Gesichtspracht eines Holzfällers aussah, der im Wald seine Arbeit verrichtete. So konnte er nicht unter Menschen treten. Schließlich war er sich sicher, dass er alles Wichtige getan hatte, was dringend getan werden musste und ging wieder zurück in sein Zimmer, denn nun fehlte es ihm nur noch an der richtigen Kleidung für die kommenden Tage. Als er in seinen Kleiderschrank schaute, fiel ihm die Unordnung auf, welche sich in ihm verbarg. Manchmal wünschte er sich die Zeit zurück, in der seine Mutter sich noch darum kümmerte alles in Ordnung zu halten, denn er selbst fühlte sich nicht wirklich in der Lage dazu, seine Kleidung ordentlich zu falten und in den Schrank zu sortieren. Bei ihm lag alles Kreuz und quer verteilt. Zwar wusste er, wo er die meisten seiner Sachen finden konnte, doch ab und zu suchte er schon etwas länger nach seinen gewünschten Klamotten. Eine einfache

Jeans, einen Hoodie, Socken, große Gedanken darüber wie er aussah machte er sich nicht. Das Wichtigste für ihn war, dass er sich darin wohl fühlte. Nach kürzester Zeit war er fertig und bereit dazu in den Tag zu starten. Ob seine Mutter schon das Frühstück vorbereitet hatte, schließlich war sie bestimmt schon wieder seit Stunden wach. Jack bewegte sich langsam in Richtung Zimmertür. Von unten hörte er das Radio laufen, welches seine Mutter wie jeden Morgen in der Küche mit alter und schon fast vergessener Musik beschallte. Der alte Dielenboden unter seinen Füßen knarrte und auch die Treppe machte gefährliche Geräusche, als er seinen Weg nach unten fortsetzte. Kurz darauf war er auch unten in der Küche angekommen. Er legte seine Hände auf die Arbeitsplatte der Kochinsel und schaute zu seiner Mutter hinüber, die gerade dabei war, ein paar belegte Brötchen zu schmieren. »Guten Morgen Mama.« Sie hatte sich zu ihm gewandt. Mit einem Lächeln im Gesicht hielt sie einen Teller in der Hand, den sie ihrem Sohn überreichte. »Guten Morgen Jack, ich habe dir hier ein paar Brötchen gemacht. Wann hattet ihr denn vor heute loszufahren?« Er bedankte sich bei ihr und setzte sich an den Esstisch, der nur wenige Meter von der Küche entfernt stand. Dann blickte er zu seiner Mutter, denn ihm war erst jetzt aufgefallen, dass er ihre Frage, die sie ihm gestellt hatte, noch nicht beantwortet hatte. »Wir hatten geplant, dass wir so gegen 12 Uhr hier losfahren, aber ob das klappt, ist eben eine andere Sache.« Jack musste lachen, denn er kannte seine Freunde. Ihn würde es wundern, wenn sie rechtzeitig abfahren konnten. Man sollte froh sein, wenn sie überhaupt aus ihren Betten kamen. Er rieb sich die Augen. Trotz der Dusche fühlte er sich noch immer ziemlich schlapp auf den Beinen, doch das würde wohl innerhalb der nächsten Stunden wieder vergehen, da war er sich sicher. Nachdem er seine Brötchen gegessen hatte, beschloss er, noch einmal nach oben zu gehen. Jack hatte zwar am Tag zuvor schon seine Tasche für die Reise gepackt, aber es konnte nicht schaden, doch noch mal auf Nummer sicher zu gehen, dass auch wirklich alles Wichtige beisammen war. Wenn sie einmal losgefahren und an ihrem Ziel angekommen waren, konnten sie nichts mehr besorgen, denn dort wo sie ihre Zelte aufschlagen wollten, gab es keine Einkaufszentren oder sonstige Geschäfte, in welchen sie noch Besorgungen machen konnten. Ein großes Waldstück, das direkt an die Berge angrenzte war ihr Reiseziel, von dem ihnen ein paar Mitstudenten erzählt hatten. Auch diese hatten dort ihre letzten Ferien verbracht und waren vollauf begeistert von den dortigen Gegebenheiten. Jack konnte es fast nicht mehr erwarten, dass sie im Auto saßen, sich auf den Weg machen würden und endlich wieder einmal gemeinsam feiern konnten. Sie hatten es sich verdient. Seine Tasche stand vor dem Kleiderschrank, umringt von zahlreichen Verpackungen, Pizzakartons und Zigarettenschachteln. So langsam überkam ihm das Gefühl, als müsste er sein Zimmer wieder aufräumen, doch das hätte auch bis nach der Reise Zeit. Nachdem er seine Tasche noch einmal geöffnet hatte, blickte er auf deren Inhalt, welcher sich jedoch auf das mindeste beschränkte. Ein paar Handtücher, Oberteile, Hosen, Socken. Das sollte reichen. Den

Proviant für die Reise wollten seine Freunde besorgen. Bier, harten Alkohol und was auch immer sie so vor hatten mit zu nehmen. Jack hielt nicht viel davon, zu viel Ballast mit zu schleppen, denn so was hielt einen nur auf. Auch wenn sie ganze zwei Wochen unterwegs sein wollten, so hielt er es nicht für notwendig, die Tasche über zu strapazieren. Nachdem er noch mal alles durchgeschaut hatte, schloss er sie und ging auf schnellstem Wege nach unten um dort auf seine Freundin zu warten, die normalerweise in den nächsten Minuten auftauchen musste. Unten angekommen, setzte er sich auf die Couch und betrachtete sein Handy, doch bislang hatte Layla noch nicht geschrieben. Ganze 3 Jahre war Jack nun schon mit ihr zusammen. Drei Jahre in denen sie durch Höhen und Tiefen gehen mussten. Oft wurde ihre Beziehung auf die Probe gestellt. Manchmal gab es Wochen, in denen sie nicht miteinander sprachen, weil einer der beiden einfach nur etwas Falsches gesagt hatte. Doch bislang konnten sie immer wieder alles in die richtige Bahn lenken. Jack war froh sie zu haben. Sie war seine Traumfrau. Allein die Vorstellung, ein Leben ohne dieses Mädchen zu führen, klang in seinen Augen schrecklich und war etwas, dass er sich einfach nicht vorstellen konnte. Mittlerweile war es schon 9:45 Uhr. Wenn er sich richtig erinnerte, dann meinte Layla wenige Tage zuvor noch, sie würde um zehn Uhr bei ihm auftauchen und wenn sie sagte, dass sie um diese Zeit kommen würde, dann konnte sich der junge Mann sicher sein, dass dem auch so war. Sie war einer der pünktlichsten Menschen, den er kannte. Da er also noch ein paar Minuten für sich hatte, nahm er sich die Fernbedienung des TV-Geräts zur Hand, schaltete ihn an und zappte durch die einzelnen Kanäle. Etwas finden, dass ihn auch interessierte, konnte er jedoch nicht. Genervt legte er sie wieder beiseite und schloss die Augen. Wenn er schon nicht Fernsehen schauen konnte, so wollte er sich die restliche Zeit, die ihm verblieben war, wenigstens noch etwas ausruhen. So saß er einfach nur, hatte seine Augen geschlossen und lauschte der Musik, die er aus der Küche vernahm und wartete darauf, dass seine Freundin endlich auftauchen würde. Tatsächlich. Punkt zehn Uhr klingelte es an der Türe. Wie Jack es schon zuvor vermutet hatte, war es Layla die er mit einem Grinsen auf dem Gesicht vor der Haustüre stehen sah. Sie winkte ihm durch die Glasscheiben der Türe entgegen und wirkte gut gelaunt. Schließlich öffnete er die Türe und lies sie eintreten. »Hey Jack.« Sie gab ihm einen Kuss auf die Lippen und legte ihre Arme um seinen Hals. Er war froh, sie endlich wieder in seinen Armen halten zu können, denn nun waren es schon viele Tage, die sie ohne einander auskommen mussten. Als die Türe hinter ihnen geschlossen war, nahm Jack ihr die große Tasche ab welche sie bei sich trug, legte sie neben seine eigene und begleitete Layla ins Wohnzimmer. Was sie wohl alles in ihre Tasche gepackt hatte. Wenn Jack nach dem Gewicht ging, so hätte es eine ganze LKW-Ladung an Klamotten sein müssen. Wieso benötigte sie so viel Kleidung, wenn sie doch nur Zelten gingen? Ihr war es egal wie schwer das ganze war, denn am Ende musste er die Tasche tragen. »Du weißt aber schon, dass wir nur zwei Wochen unterwegs sind und keine Monate, oder?« Er

29

lächelte sie an und duckte sich weg, denn Jack rechnete jede Sekunde damit, dass sie mit irgendetwas nach ihm werfen würde. Doch das Mädchen warf ihm lediglich einen vorwurfsvollen Blick entgegen. »Du weißt doch ganz genau, dass ich weiter plane als du es tust. Man braucht ja schließlich auch mehrere Klamotten, wenn man irgendwo Zelten geht. Jeden Tag mit den gleichen Klamotten rumlaufen wie du, das kann ich nicht und wenn mal etwas dreckig werden sollte, dann muss ich das ja auch wechseln können.« Als Layla auffiel dass auch Jacks Mutter im Hause war, lief sie zu ihr in die Küche und umarmte sie herzlich. »Hey Layla wie geht es dir. Darf ich dir vielleicht ein Glas Wasser anbieten?« Die beiden hatten sich schon immer sehr gut verstanden, doch konnte sich das in gewissen Situationen auch zum Nachteil von Jack entwickeln. Marta nahm ein sauberes Glas aus dem Schrank, welcher sich über dem Waschbecken befand und befüllte es mit etwas Leitungswasser. Dieses stellte sie vor Layla auf die Arbeitsplatte. »Danke Marta.« Sie leerte das Glas in nur einem Zug, denn Jack hatte ihr angedeutet, dass sie am besten nach oben gehen sollten. Er hatte keine Lust, noch mehr Zeit bei seiner Mutter zu verbringen. Nachdem die beiden die alte Holztreppe zu dem oberen Stockwerk beschritten hatten und endlich im Zimmer von Jack angekommen waren, räumten sie sich Platz auf dessen Sofa frei, welches in der Mitte des Raumes stand. Schon lange hatte er hier nicht mehr gesessen. Wieso auch? In der letzten Zeit war er zu sehr damit beschäftigt für die Uni zu lernen und Zeit in seine Prüfungen zu stecken, als dass er sich hätte ausruhen können. Der TV, der auf dem Schränkchen direkt davor stand, war bereits etwas in die Jahre gekommen, da auch er nicht wirklich zu den Geräten gehörte, die der junge Mann nutzte. Es war ein alter Röhrenbildschirm, der mittlerweile schon ungefähr 20 Jahre alt sein durfte. Damals hatte er noch im Wohnzimmer gestanden, doch da seine Eltern sich irgendwann ein neues Gerät geholt hatten, bekam er diesen in sein Zimmer gestellt. Er hatte sich nicht beschwert. Warum auch? Bilder lieferten beide und wenn er etwas schauen wollte, dann reichte ihm dieses dafür. »Weißt du, wann die anderen kommen wollten.« Layla schaute ihren Freund fragend an, denn sie wollte nicht, dass sie sich zu spät auf den Weg machten. Sie war kein Fan davon, in der Nacht mit dem Auto herumfahren zu müssen. Jack überlegte kurz, doch genau wusste er nicht, wann die anderen kamen. Sie hatten zwar untereinander ausgemacht, dass sie ungefähr um 12 Uhr abfahren wollten, doch dies war erst in zwei Stunden. Sie hatten also noch etwas Zeit, bis sie bei Jack eintreffen mussten. »Keine Ahnung wann die kommen. 12 Uhr war ausgemacht und ich denke nicht, dass sie früher hier auftauchen.« Jack blickte auf sein Handy. Bislang hatte ihm noch keiner seiner Freunde eine Nachricht geschrieben. 10:30 Uhr. Noch eineinhalb Stunden, bis sie endlich ihre Reise antreten konnten, wenn alles so verlief wie geplant. Plötzlich klingelte es völlig unerwartet an der Haustür und Jack wunderte sich darüber, denn wer sollte dies denn sein? War es vielleicht schon einer der anderen? Jack konnte es beinahe nicht fassen. Von unten konnten sie hören, wie Marta die Türe öffnete und jemanden begrüßte. Wer es war, dass wussten sie noch nicht, doch schon bald würden sie es erfahren, denn kurze Zeit später stand er auch schon vor ihnen. Es war Tom. Seine Dreadlocks, welche er schon über Jahre hatte wachsen lassen, reichten ihm mittlerweile schon beinahe bis über die Hälfte seines Rückens. Sein T-Shirt welches er schon seit langer Zeit trug und Jack ihn auch in noch keinem anderen T-Shirt gesehen hatte, trug immer die gleiche Aufschrift und sorgte bei jeder polizeilichen Kontrolle für ein schärferes Vorgehen der Beamten. "Legalize Ganja" stand dort unter einem großen Hanfblatt und ein Geruch dem Jack sehr gut bekannt war, stach ihnen in die Nase. Damit machte er sich nur wenige Freunde, doch es war ihm egal. Der junge Philosophiestudent machte sich nichts daraus, was andere Menschen über ihn dachten. Er lebte sein Leben, wie er es für richtig hielt. Unzählige Risse hatten sich über seine Jeans verteilt, auch wenn der ein oder andere Fleck versucht wurde, mit Aufnähern zu überdecken, so war dies nur sehr notdürftig gelungen, aber genau dies war der Sinn und Zweck des Ganzen. Provokation. Das Einzige was an ihm noch neu aussah, war die Jeansjacke, die er trug. Doch auch diese war mittlerweile übersät mit Aufnähern und Steckern. Unmengen an Buttons zierten das Kleidungsstück und allesamt machten seinen Hang zu dem illegalen Kraut deutlich, welches er nur zu gerne rauchte. »Was geht Leute?« Tom ging hinüber zu den beiden und nahm sie in die Arme. Er warf seine Tasche auf den Boden und setzte sich auf die Couch, ohne weiter etwas zu sagen. Wie als wäre es das Normalste auf der Welt nahm er die Fernbedienung zur Hand, schaltete den TV an und zappte durch die Kanäle. Jedoch musste auch er schon nach kürzester Zeit feststellen, dass man um diese Zeit wohl nichts Interessantes entdecken konnte. »Jungs ich gehe nach unten. Ich warte lieber bei Marta auf die anderen. Ich hoffe ja, dass sie bald kommen.« Layla war in Richtung Zimmertür gelaufen und schaute noch einmal zu ihrem Freund, der sich jedoch mittlerweile neben seinen Kumpel gesetzt hatte. Nachdem die Türe hinter dem jungen Mädchen ins Schloss gefallen war, wandte Jack sich zu Tom. »Haben Max und Kathrin dir gesagt, wann sie kommen wollten?« Tom starrte wie in Trance auf den Fernseher. »Tom!!« Er gab ihm einen Schlag auf die Schulter. »Was ist?« Tom rieb sich die Stelle, auf die die Faust seines Freundes getroffen hatte. »Ich habe dich gefragt, ob du weißt, wann die anderen kommen wollten?« Jack stand auf und lief zum Fenster. Auf dem Weg dorthin stolperte er über die leeren Pizzaschachteln und musste aufpassen nirgendwo dagegen zu fallen. Als er aus dem Fenster blickte, sah er, wie so oft die Nachbarn, welche wieder damit beschäftigt waren, ihren Garten in Ordnung zu halten. Dies taten sie jeden Tag und manchmal fragte sich Jack, ob sie überhaupt etwas anderes zu tun hatten, als die ganze Zeit Unkraut zu rupfen. »Keine Ahnung. Die haben mir gestern auch nichts mehr gesagt. Max war gestern Abend zwar bei mir, doch er ist um 23 Uhr nach Hause gegangen. Seitdem habe ich nichts mehr von ihm gehört. Hast du ihm nicht geschrieben?« Tom nahm sein Handy zur Hand und betrachtete das Display. Dann tippte er wild auf dem Display herum. »Max war seit gestern Abend nicht mehr online. Ich habe ihm jetzt mal eine Nachricht geschrieben.

Vielleicht liest er es ja.« Jack setzte sich zurück auf die Couch. Ein Blick auf seine Uhr verriet ihm, dass mittlerweile schon wieder viel Zeit vergangen war, denn sie zeigte an, dass es 15 Minuten vor 12 war. Nun mussten die anderen bald kommen. Ansonsten konnten sie es vergessen, in den nächsten Minuten loszufahren. Er stand von der Couch und lief allmählich in Richtung seiner Zimmertür. Sein Freund Tom tat es ihm gleich, wobei er ein noch langsameres Tempo an den Tag legte, als Jack es von ihm gewohnt war. Nachdem sie die Türe seines Zimmers passiert hatten, klingelte es auch schon an der Tür. Die beiden eilten hinunter, um nachzusehen, wer es war. Als Jack die Wohnungstür öffnete, kam ihnen ein beißender Duft von Lavendel entgegen und in dem Augenblick als die Duftwolke seine Nasenspitze berührte, wusste er, wer es war, ohne die Person vor sich zu betrachtet zu haben. Lange blonde Haare, ein komplett zu geschminktes Gesicht und eine rosa Brille. Dazu trug sie einen Minirock, der nicht einmal bis zu den Knien ging und ein pinkes ärmelloses Top. Es war Kathrin, die breit grinsend vor der Türe stand und ohne auch nur ein Wort zu sagen, das Haus betrat. Sie viel Layla in die Arme. »Hey Leute wie geht es euch?« Kathrin schaute in die Runde. Nun waren sie beinahe vollständig. Der Einzige, der nun noch fehlte, war Max. Kathrin, das gerade erst 18 gewordene Mädchen tippte irgendwas auf ihrem Handy und wollte schließlich das Wort ergreifen, als Jack ihr zuvorkam. »Habt ihr alles dabei? Dann könnten wir jetzt gleich losfahren oder? Wir müssten nur noch schauen, ob wir Max irgendwo aufgreifen können.« Für einen kurzen Moment herrschte Stille. Kathrin wusste nicht so recht, ob es eine solch gute Idee war, ihren Freunden den Plan zu unterbreiten den sie hatte, denn eigentlich wollte sie sich noch nicht auf den Weg machen. Sie hatte einen anderen Vorschlag »Leute. Könnten wir uns vielleicht erst Morgen auf den Weg machen?« Ihre Freunde schauten sie fragend an. »Tobias veranstaltet heute Abend eine Party bei sich zu Hause. Seine Eltern sind für die nächste Woche verreist. Es wäre toll, wenn wir da heute Abend noch vorbei gehen könnten. Diesen einen Tag weniger können wir verkraften oder? Bitte! Es würde mir wirklich sehr viel bedeuten.« Jack schaute die anderen an. Tom starrte in Richtung der Wohnungstüre, welche immer noch offen stand und beteiligte sich nicht wirklich an der Situation. Er wirkte abwesend. Jack hatte nicht wirklich Lust, den Abend noch auf irgendwelchen Partys zu verbringen, aber im Grunde genommen, war es dann die Entscheidung seiner Freundin, ob sie dieses Angebot Annahmen oder nicht. Layla schaute Kathrin an. Nach nur wenigen Sekunden, in denen sie einfach da standen und nichts sagten, nahm sie ihre Freundin an die Hand. Gemeinsam verließen sie die anderen und machten sich auf den Weg in den nächsten Raum. Die Türe hinter sich verschlossen sie. Nun waren Jack und Tom allein. Sie mussten darauf warten, dass die zwei wieder heraus kamen, was auch immer die beiden dort vor hatten Mit ein wenig Glück kam Max auch in dieser Zeit bei ihnen an. »Was meinst du?« Jack lief zur Haustüre und setzte sich auf den Absatz des Hauseingangs. Dann nahm er sich eine Zigarette aus seiner Hosentasche und zündete sie sich an. Tom kam ihm nach und stellte sich nur wenige Meter von ihm entfernt an die Hauswand. Zigaretten hatte er selbst keine dabei, darum schnorrte er sich eine bei Jack. »Keine Ahnung. Ich hätte schon mal wieder Bock jemanden Flach zu legen.« Tom schaute Jack an und grinste, als wäre er der größte Frauenaufreißer, den die Welt jemals gesehen hätte. »Ja genau. Du und Frauen aufreißen. Das will ich sehen. Mir ist es egal, ob wir auf die Party gehen. Morgen früh müssen wir dann auf jeden Fall los. Länger möchte ich nur ungern warten, bis wir endlich mal unsere Ferien genießen können.« Nachdem er schließlich den letzten Zug seiner Zigarette geraucht hatte, drückte er sie aus, stand auf und ging zurück in die Wohnung. Tom jedoch blieb einen Moment draußen, bis er nach wenigen Minuten seinem Kumpel folgte. Die Mädchen waren noch immer nicht zurückgekehrt. Jack wollte wissen, was die beiden zu besprechen hatten, doch ob er dies jemals erfahren würde, wusste er nicht.

Layla und Kathrin hatten sich in den Nebenraum zurückgezogen. Hier hatten sie ihre Ruhe und konnten miteinander reden, ohne dass ihnen jemand zuhörte. Der Raum selbst, wurde von Jacks Familie schon seit Langem nicht mehr genutzt. Er diente nur noch als Abstellkammer. Ein altes Sofa stand mitten im Raum, auf welches sich die beiden Mädchen gesetzt hatten. Kathrin schaute ihre Freundin in die Augen. Sie musste ihr etwas Wichtiges mitteilen, was ihr schon seit längerem auf dem Herzen lag und über das sie nicht mit jedem sprechen konnte. Etwas, was Jack und Tom nicht unbedingt hören sollten, denn es war etwas, was sie schon seit Langem beschäftigte und auch der Grund dafür war, dass sie auf die Party gehen wollte. Layla nahm Kathrin in die Arme, als sie mit Tränen in den Augen zu sprechen begann. »Ich weiß nicht, wie ich es ihm sagen soll. Ich kenne ihn ja schon lange, aber ich habe mich noch nicht getraut, es ihm zu beichten, was ich für ihn empfinde.« Sie nahm sich ein Taschentuch aus ihrer Handtasche, die sie wie immer bei sich trug. »Kathrin es wird alles gut.« Layla streichelte mit ihrer Hand über den Kopf ihrer Freundin. »Am besten du sagst es ihm einfach heute Abend, wie es ist. Mehr als zu sagen, dass er nicht auch so empfindet kann er nicht und ändern könntest du es so oder so nicht. Es wird schon alles gut gehen.« Kathrin blickte ihr in die Augen. Sie wischte sich die letzten Tränen aus ihrem Gesicht und stimmte ihrer Freundin mit zitternder Stimme zu: »Ja vielleicht hast du recht. Es ist an der Zeit die Karten offen zu legen. Viel länger halte ich es nicht mehr aus.« Kathrin zwang sich ein Lächeln auf die Lippen. Layla war für sie da. »Dann lass uns jetzt wieder zu den anderen gehen. Die Jungs gehen mit auf die Party. Ob sie nun wollen oder nicht.«

Kapitel 2 - Die Party

Es war Abend. Layla, Jack, Kathrin und Tom hatten vergeblich auf ihren fehlenden Freund gewartet, von dem bislang immer noch jede Spur fehlte. Sein Handy war ausgeschaltet und Online war er den ganzen Tag noch nicht gewesen. Da Max und Tobias sich jedoch kannten, vermuteten sie mittlerweile, dass sie ihn dort antreffen würden. Sie hatten den Nachmittag damit verbracht Filme zu schauen, die sich Jack einmal heruntergeladen hatte. Nun war es 20 Uhr. Genau der richtige Zeitpunkt, sich auf den Weg zu machen. Die Party sollte genau in diesem Augenblick beginnen. Das war die Info, welche Kathrin erhalten hatte. Layla nahm ihren Freund an die Hand. Zusammen machten sie sich auf den Weg zu dem einige Blöcke weiter liegende Haus, in welchem Tobias und seiner Familie lebte. Wie so oft an diesem Tag war Tom damit beschäftigt, sich einen Joint zu drehen. Nach zehn Minuten Fußweg, den sie zurückgelegt hatten, kamen sie ihrem Ziel immer näher. Nur noch wenige Straßenabbiegungen, bis sie das Anwesen der Familie Tramp erreichen würden. Die Häuser welche sie passierten, wurden immer neumodischer. Dies Lag wohl damit zusammen, dass sie sich auf das Neubaugebiet des Ortes zu bewegten. Den alten Charme, den das Dorf früher einmal gehabt hatte, wurde durch die Neubauten zerstört. Hier war alles protzig, reinlich und penibel zurecht gestutzt. Jack kannte Tobias Tramp nicht persönlich. Ab und zu hatte er ihn auf dem Unigelände gesehen, aber zu seinen Freunden zählte er ihn nicht.

Er hielt nicht viel von Menschen, die mit dem Geld anderer um sich warfen. Tobias hielt sich für was Besseres, nur weil seine Eltern Geld besaßen. Er selbst jedoch hatte in seinem Leben noch nichts erreichen können. Nach weiteren fünf Minuten Fußweg waren sie endlich an ihrem Ziel angekommen. Das Haus vor dem sie standen, war das Größte in dieser Gegend. Die Eltern von ihrem Mitstudenten schienen ein Vermögen in das Anwesen investiert zu haben. Eine große elektronische Stahltür versperrte den Eingang des Geländes, welches vollkommen mit einer Mauer umschlossen war. »Wow, ziemlich prollig das Ganze hier.« Tom stellte sich auf die Zehenspitzen und versuchte auf der anderen Seite etwas erkennen zu können, doch die Mauer war zu hoch um darüber zu blicken. »Oha. Die haben sogar Überwachungskameras im Garten hängen. Da fühlt man sich doch direkt wohl hier.« sagte er und zog ein letztes Mal an seinem Joint, dessen Rest er mit seinen Füßen auf dem Boden zertrat. »Na dann mal los Leute. Es wird Zeit, dass wir die Party etwas aufmischen.« Tom ging zu der Klingel auf der rechten Seite neben dem riesigen Stahltor. Mit großen Lettern stand dort "Tramp" aufgedruckt. Er klingelte und schon nach wenigen Sekunden meldete sich der junge Gastgeber am anderen Ende. »Wer da?« Kathrin stellte sich vor die Sprechanlage: »Hey Tobias. Wir sind es. Kathrin und meine Freunde.« Nach nur wenigen Sekunden gab das große Tor den Weg unter einem lauten Quietschen frei. Jack rollte die Augen. »Na das kann ja was werden. Schon hatte Jack die Lust verloren auf die Party zu gehen, denn die Musik, welche den Freunden von weitem entgegenkam gefiel ihm überhaupt nicht. Es war diese typische Musik, welche auf jeder Veranstaltung lief. Musik, die jedem mittlerweile einfach nur zu den Ohren heraus hing. Zusammen machten sich die Freunde nun auf den Weg zu dem Haus des Anwesens, das mindestens 200 Meter entfernt von der riesigen Stahltür entfernt lag. Am Rande des Kieselstein Weges auf welchem sie liefen, standen kleine Hecken, welche so sauber geschnitten waren, dass Jack für einen kurzen Moment überlegen musste, ob es sich nicht um künstliches Gewächs handelte. Einen angestellten Gärtner hatte die Familie wohl auch, anders konnte sich Jack es sich nicht erklären. Er bezweifelte, dass die Besitzer hier selbst Hand anlegten und sich um die große Grünfläche hinter dem Haus kümmerten. Dies nahm viel Zeit in Anspruch und wer sich schon ein solches Anwesen leisten konnte, der würde wohl nicht am Personal sparen. Nachdem sie an der Haustür angekommen waren, stand auch schon Tobias vor ihnen und begrüßte sie freundlich mit einem breiten Grinsen im Gesicht. Sie traten ein. Der erste Weg führte sie in das Wohnzimmer, wo auch schon die anderen Gäste standen und feierten. Viele von ihnen kannte Jack vom Sehen aus der Uni, doch nur mit wenigen hatte er jemals ein Wort gewechselt. Er wusste gleich, dass er sich hier in der Anwesenheit dieses arroganten Volkes nicht wohlfühlen würde, doch was hätte er dagegen tun können? Seiner Freundin widersprechen? Dieses Wagnis wollte er nicht eingehe, denn so konnte er unnötigen Ärger vermeiden. Sie standen da. Der Gastgeber hatte sich wieder zu seinen anderen Gästen gesellt und die Neuankömmlinge einfach stehen lassen. Sie fühlten sich ausgeschlossen von den Umstehenden. Niemand schenkte ihnen Beachtung. Doch vielleicht war dies ja auch gar nicht mal so schlecht, denn was wollten sie mit solch eingebildeten Menschen auch anfangen. Sie würden nie auf den gleichen Nenner kommen. Sie interessierten sich einfach für andere Dinge, wie die vier Freunde es taten. Alle standen einfach nur da, redeten und bewegten sich keinen Millimeter von ihrem Fleck. Es war keine Party, sondern eine Trauerfeier. Inmitten der ganzen Menschen konnten sie ihn schließlich entdecken. Ihr verloren geglaubter Freund Max. Als dieser seine Freunde erblickte, stand er langsam auf. Er musste sich an der Sofalehne festhalten, um nicht zu stürzen, doch nach nur wenigen Sekunden hatte er sich wieder gefangen und kam zu Jack und den anderen hinüber getorkelt. Wie es den Anschein hatte, war er schon gut dabei. »Hey Freunde.« Schwankend kam er ihnen entgegen. Nachdem er mehrere Meter gelaufen war und kurz davor war, die anderen zu erreichen, stolperte er über seine eigenen Beine und fiel über einen kleinen Hocker, der vor ihm gestanden hatte. Mit einem lauten Knall schlug er auf dem Parkettboden auf und rührte sich für einen kurzen Moment nicht mehr. Tom versuchte, seinem Freund wieder auf die Beine zu helfen, was sich jedoch schwieriger erwies als gedacht, denn der etwas stämmigere Student trug nicht dazu bei, dass ihm dies gelang. »Du Idiot wo hast du dich die ganze Zeit rumgetrieben. Wir haben heute Nachmittag auf dich gewartet. Wir wollten doch zusammen zelten gehen! Hast du das vergessen?« Verdutzt schaute Max seinen Freund an, der noch immer damit beschäftigt war, ihn aufzustellen. »Oh stimmt. Jetzt erinnere ich mich.« Mehr brachte der junge Mann aus seinem Mund nicht heraus. Mit all seinem Gewicht ließ er sich wieder zu Boden sinken und schlief ein. Nun kam auch Jack dazu und half Tom dabei, ihren völlig Bewegungs- und Kommunizierens unfähigen Freund auf das Sofa zu legen, wo er in Ruhe weiterschlafen konnte. Als Jack sich umschaute musste er feststellen, dass sich die zwei Mädchen unter die anderen Gäste gemischt hatten. Sie wollten wohl dieser Peinlichkeit, welche sich vor ihnen abspielte aus dem Weg gehen und lieber das Feiern mit dem Umstehenden genießen. Sie hatten keine Probleme damit sich anzupassen. »Jack? Lust Einen zu rauchen?« Tom haute seinem Kumpel auf die Schulter und grinste ihn an. Sein Freund war froh, dass er ihn gefragt hatte, denn Jack wollte so schnell es nur ging, aus dieser Situation heraus. Er nickte ihm schließlich zu. Zusammen verließen sie auf schnellstem Wege den Raum, in welchem die Musik, die aus der Stereoanlage ertönte, immer schlimmer wurde und nun schon in der Schlager Rubrik angekommen war. Nachdem Jack und Tom sich nach draußen begeben hatten, fing der Gewohnheitskiffer damit an, sich alles Wichtige zur Seite zu legen. Aus seiner rechten Jackentasche hatte er sich eine kleine Tüte herausgenommen, in der er das restliche Gras aufbewahrte. Dann nahm er noch seinen Tabak aus der Hosentasche. Nach nur wenigen Sekunden war er fertig und die beiden Freunde konnten den Abend genießen. »Na dann mal los. Ist ganz gutes Zeugs. Hab ich mir erst diese Woche geholt.« Tom zündete ihn an und nahm einen kräftigen Zug. Dann reichte er ihn direkt an Jack weiter, der nur darauf wartete, sich endlich auch etwas genehmigen zu können. Für diesen einen Moment war ihm alles egal. Hier draußen an der frischen Luft war alles schön. Die Sonne hatte sich zurückgezogen. Der Mond nahm ihren Platz ein und strahlte von oben herab auf die zwei. Die Sterne waren klar und deutlich zu erkennen, denn die Wolken, die zuvor noch am Himmel gestanden hatten, waren mittlerweile weiter gezogen. Sie blickten lange Zeit gen Himmel und genossen die Stille, die sie umgab. Die Musik im Hintergrund, die durch die Hauswand zu hören war, hatte Jack schon lange ausgeblendet. Es machte ihm nichts mehr aus. Wenigstens so lange, bis das Cannabis seine Wirkung verlieren würde. Nach einer weiteren Stunde in der sich die beiden Freunde angeschwiegen und die Zeit auf dem Balkon genossen hatten, wollten sie bei den anderen nach dem Rechten sehen. Was diese wohl taten?»Jack! Tom! Wo seid ihr?« Von drinnen hörten sie die Rufe von Layla, die sie zu suchen schien.»Was will Layla denn jetzt schon wieder.« Der junge Mann schaute hinüber zu der Türe, welche sich nur wenige Meter von ihm entfernt befand. Zu lange sollten sie das Mädchen nicht warten lassen, das war ihm bewusst, doch abhetzen wollte er sich nicht. Langsamen Schrittes ging er hinüber zu der Türe, welche in das Wohnzimmer führte und öffnete sie. Als die beiden Freunde sich umschauten, war von dem jungen Mädchen aber nichts mehr zu sehen. Erst bei der näheren Betrachtung konnte Jack seine Freundin bei einer Gästegruppe entdecken. Sie hatte sich in ein Gespräch verwickelt. Ihr gegenüber Stand Ron

Herford, ein junger sportlicher Mann, der, wenn Jack es richtig in Erinnerung hatte, im hiesigen Fußballverein mitspielte. Jack wusste ganz genau, dass dieser nicht in das Beuteschema von Layla passte. Er war zu prollig und arrogant. Bei den anderen Frauen hingegen war er sehr beliebt. Jack kannte seine Freundin gut genug, um zu wissen, dass sie ihn niemals betrügen würde. Schließlich waren sie nun schon ganze drei Jahre zusammen und in diesen Jahren konnten sie sich immer blind auf den anderen verlassen, was auch immer kam. Das junge Mädchen schaute hinüber zu ihrem Freund. Ihre Blicke trafen sich und schließlich kam sie zu ihm hinüber gelaufen. »Wo treibt ihr euch zwei denn die ganze Zeit rum? Ich dachte, wir wollten zusammen Party machen?« Der junge Mann brauchte nicht lange, um zu merken, dass seine Freundin nicht mehr Herrin ihrer Sinne war. Es hatte den Anschein, als hätte schon das ein oder andere Glas ihre Lippen berührt. Nur schwer konnte sie sich auf den Beinen halten und schließlich warf sie sich ihrem Freund in die Arme. Er strich ihr durch ihre wundervollen Haare und nahm sie bei der Hand. Zusammen mit Tom gingen sie zu dritt in Richtung Küche, welche sich am anderen Ende des großen Raumes befand. Als sie diese betreten hatten, nahm Jack ein Glas aus einem offen stehenden Schrank und schenkte seiner Freundin etwas Leitungswasser ein. In nur wenigen Sekunden Trank sie es leer und war schon wieder kurz davor den Raum zu verlassen, als Jack sie an ihrem Arm festhielt. »Layla könntest du mir bitte den Gefallen tun und etwas langsamer machen. Du bist schon gut dabei. Weißt du vielleicht wo Kathrin ist?« Das junge

Mädchen entriss sich dem Griff ihres Freundes. »Ich weiß nicht, wo sie ist. Sie wollte vorhin nur kurz mit Michael reden, aber danach habe ich sie nicht wieder gesehen.« Layla ging weiter in Richtung Tür. Das junge Mädchen ließ ihren Freund und Tom einfach dort stehen, während sie diese mit einem lauten Knall hinter sich zuschlug. »Ich glaube, wir sollten sie lieber im Auge behalten. Die ist ja echt ziemlich besoffen.« Tom lachte. Jack stimmte ihm zu und schließlich gingen sie wieder gemeinsam zu den anderen herumstehenden Partygästen. Als die beiden jedoch wieder zurück im Wohnzimmer des Hauses kamen, war Layla verschwunden. Abermals wie vom Erdboden verschluckt. Die anderen Partygäste hatten mit dem Trichtersaufen begonnen. Dies war wohl eine der primitivsten Arten sich ins Koma zu saufen, doch auch eine der effektivsten, um schnell einen gewissen Pegel zu erreichen. Jack schaute sich um. Er konnte seine Freundin tatsächlich nirgendwo sehen und auch Max, der eigentlich noch auf dem Sofa hätte liegen müssen, war nicht mehr da. Inzwischen war Kathrin wieder aufgetaucht. Sie stand bei den anderen Gästen und trank ein Glas nach dem anderen. Jack konnte sich beim besten Willen nicht vorstellen, dass die beiden Mädchen am nächsten Tag ohne Kater aufwachen würden. »So langsam verliere ich wirklich die Lust daran die anderen zu suchen.« Tom rollte mit den Augen und ging in Richtung Treppe. Dort setzte er sich auf die Stufe und wartete darauf, dass etwas passierte. Jack tat es ihm gleich, ging zu ihm hinüber und lehnte sich an das riesige Holzgeländer, welches in die oberen Stockwerke führte. »Ich hoffe ja wirklich, dass die anderen morgen fit genug sind, um mitzukommen. Zu zweit würde sich das Zelten ja wirklich nicht lohnen.« Tom stimmte seinem Freund zu. Ob der Abend wohl ein gutes Ende finden würde?

Kapitel 3 - Der Aufbruch

Ein neuer Tag begann. Es schlug zehn. Die Freunde waren in der Nacht um zwei Uhr nach Hause gegangen. Sie wollten sich noch etwas Schlaf genehmigen, bevor sie schließlich ihre Reise antraten. Jack stand schon unten in der Küche und war gerade dabei sich eine Kanne Kaffee vorzubereiten. Er war froh, dass er es am Abend zuvor nicht übertrieben und lediglich mit Tom, sich den einen oder anderen Joint einverleibt hatte. Doch ohne seinen morgendlichen Kaffee war nichts mit ihm anzufangen. Er schaltete die Kaffeemaschine an und während diese vergnügt vor sich hin brodelte, setzte er sich auf das Sofa im Wohnzimmer und wartete darauf, in den Genuss seiner morgendlichen Tasse zu kommen. Marta seine Mutter war wie jeden Sonntag in der Kirche und dieses Mal, hatte sogar sein Vater sie dorthin begleitet, was er eigentlich nie tat. Wie auch sein Sohn zählte dieser zu den Menschen, die der Kirche keine große Beachtung schenkten. Was er aber ebenfalls nicht leiden konnte war es, wenn er nicht seine Ruhe zu Hause bekommen konnte. Genau aus diesem Grunde, hatte er sich wohl dazu entschlossen, seiner Frau zu folgen. Mehrere Minuten saß Jack einfach so da und wartete darauf, dass die Kanne Kaffee endlich fertig werden würde. Vielleicht wäre es das Beste in dieser Zeit nach seinen Freunden zu schauen, denn mittlerweile schliefen diese auch schon eine lange Zeit. Als er kurz davor war nach oben zu gehen, nur noch wenige Schritte von der Treppe entfernt stand, kamen sie ihm auch schon entgegen, Tom voran. Er wirkte am fittesten von allen, denn auch er hatte sich nicht, wie manch anderer, sinnlos den Schädel weggesoffen. Dahinter kam Layla, die aussah als stünde sie kurz davor sich zu übergeben. Dann Max, der um einiges schlimmer und noch wacklig auf den Beinen wirkte. Seine Lockenmähne war wild durcheinander gewirbelt und seine Augen brachte er fast nicht auf. Kathrin kam als letzte von oben, aber im Gegensatz zu ihren Freunden sah sie aus wie immer. Dies lag aber vielleicht auch daran, dass sie sich ihre typische Make-up Maske aufgetragen hatte. Man kannte sie eben nichts anderes. Die fünf Freunde gingen auf direktem Wege in das Wohnzimmer des Hauses und setzten sich auf das Sofa. Jack lief noch einmal in die Küche um die Kanne Kaffee zu holen, die mittlerweile fertig war. Vielleicht würde das seinen Freunden wieder zu neuer Kraft verhelfen. Als der junge Mann auf seine Armbanduhr blickte wurde ihm bewusst, dass es an der Zeit war, sich auf den Weg zu machen. Zu viel Zeit hatten sie mittlerweile vergeudet. Nachdem alle ihren Kaffee fertig getrunken hatten, standen sie auf, nahmen ihre Taschen, die sie am Tag zuvor an die Wohnungstür gelegt hatten und packten diese in den Kofferraum des kleinen Jeeps. »Haben wir genügend Proviant dabei?« Jack schaute in die Runde. Schließlich nahm Max seine Tasche, die er auch bei Tobias dabei gehabt hatte, noch einmal aus dem Kofferraum, öffnete sie und zeigte, was er alles eingepackt hatte. Mehrere hochprozentige Alkohol Flaschen lagen ganz oben auf dem Klamottenhaufen. »Ich denke, das sollte reichen.« Er schloss sie wieder und warf sie zurück zu den anderen. »Ich hätte auch noch ein paar

Flaschen Bier dabei,« sagte Layla und schlug den Kofferraum des Jeeps zu. Nachdem sie sich sicher waren, dass sie das Wichtigste beisammen hatten, setzten sie sich in den Wagen, doch Jack war klar, dass die Getränke, welche sie dabei hatten, niemals für die ganzen 2 Wochen reichen würden. Er setzte sich auf den Fahrersitz seines Wagens und seine Freundin nahm direkt neben ihm Platz. Die anderen drei machten es sich auf der Rückbank bequem, wenn man das so sagen konnte, denn viel Platz hatten sie nicht. Das Navigationsgerät, welches am Armaturenbrett angebracht war, zeigte eine ungefähre Reisedauer von sechs Stunden an. Jack drehte die Musik auf. Es schlug 12 Uhr. Aus den Lautsprechern drang laute Punk-Rockmusik und die Menschen an denen die Freunde vorbei fuhren, schauten sich immer wieder nach ihnen um. Immer wieder sahen sie erschrockene Gesichter. Menschen, die mit den Kopf schüttelten und weiter ihres Weges gingen. Sie waren jetzt erst eine halbe Stunde unterwegs, doch die Sonne prasste ihnen durch die Scheiben. 28 Grad hatte es außerhalb des Wagens laut dem eingebauten Thermometer im Armaturenbrett. Im Fahrzeug selbst jedoch war es um einiges wärmer, denn die Klimaanlage war zwei Wochen zuvor ausgefallen, das erschwerte das Ganze. Jack hatte keine Zeit gefunden den Jeep in die Werkstatt zu bringen. Nun mussten sie mit den Konsequenzen leben. Ihnen rannen die Schweißperlen durchs Gesicht, doch auch das Öffnen der Fenster brachte keine Besserung. Die Freunde mussten sich damit abfinden, dass sie den Rest der Fahrt in der Hitze verbringen mussten. Viele kleine Ortschaften lagen auf ihrem

Weg. Noch kleinere, als sie es von ihrem eigenen Wohnort gewohnt waren. Jack fühlte sich in solchen ländlichen Gegenden am wohlsten, auch wenn sie einem des Öfteren etwas unheimlich erscheinen konnten. Die Stadt war noch nie etwas für ihn gewesen. Dort tummelten sich zu viele Menschen herum. Nach ungefähr einer Stunde fahrt, kamen sie an einem riesigen Kaufhaus vorbei, auf dessen Parkplatz sich unzählige Leute tummelten und ihre Wägen zurück zu ihren Autos brachten. An einem Sonntag? Dies traf sich gut, denn so konnten sie sich vielleicht doch noch etwas Proviant für die Reise mitnehmen. In solchen Momenten, war Jack froh, dass es so etwas wie verkaufsoffene Sonntage ab und an gab. »Hey Leute. Lasst uns nochmal kurz in den Laden springen und noch ein paar Getränke kaufen. Mit den paar Flaschen im Kofferraum kommen wir denke ich nicht sehr weit. So lenkte Jack seinen alten Jeep auf den Parkplatz. Hier würden sie sich wenigsten von der Hitze ein wenig Abkühlen können. Er hatte Mühe einen Parkplatz zu finden, doch schließlich, nach mehreren Minuten der Suche, konnte er sich einen Platz nicht allzu weit vom Eingang des Geschäfts sichern, der nur wenige Sekunden zuvor frei geworden war. Nachdem sie alle ausgestiegen waren, liefen sie in Richtung des Eingangs und schon kam ihnen eine große Gruppe Menschen entgegen, die gerade dabei waren, ihr Einkäufe zu ihren Fahrzeugen zu bringen. Doch auch im Geschäft selbst standen unzählige Menschen herum, erledigten ihre Einkäufe, redeten mit irgendwelchen Bekanntschaften oder standen einfach nur so Grundlos im Wege herum. Die Freunde hatten Mühe sich zwischen den anderen Menschen hindurch zu schlängeln. Es waren einfach zu viele, die an diesem Tage noch wichtige Dinge einzukaufen hatten. Es ging nur sehr langsam voran. Immer wieder rannte ihnen jemand vor die Füße. Schließlich erreichten jedoch sie ihr Ziel, die Getränkeabteilung. Kurzerhand nahm Jack nahm zwei Kisten Cola unter die Arme. »Ich denke, die sollten uns reichen.« Tom jedoch wollte auf Nummer sicher gehen und nahm noch eine ganze Kiste Limonade mit. Nachdem sie alles was sie benötigten zusammen hatten, Layla noch einige Packungen Chips in den Einkaufswagen geworfen, Kathrin noch etwas Schminkzeugs und Max noch zwei Kästen Bier unter die Arme geklemmt hatte, machten sie sich auf den Weg zur Kasse. Als sie sich eingereiht hatten, mussten sie lange warten bis es voranging. Die Kassiererin war sichtlich überfordert mit dem Andrang an Leuten, die mit ihren vollgeladenen Einkaufswagen aneinandergereiht da standen und darauf warteten endlich dran zu kommen. Die ersten fingen sich schon an zu beschweren, doch Jack, Layla, Kathrin Max und Tom blieben geduldig stehen, bis sie endlich ihren Einkauf bezahlen konnten. Nach dem Zahlen, ging es wieder zurück zu ihrem Fahrzeug. Nachdem die Freunde sich auf ihre Plätze gesetzt hatten, zeigte das Navigationssystem an, dass die Fahrt, die sie noch vor sich hatten über weitere 5 Stunden anhalten würde. Der Motor startete. Schon ging es weiter in Richtung ihres Reiseziels. Eine Stunde Fahrt später, hatten die fünf Freunde einige Dörfer und Städte hinter sich gelassen, doch ein Ende schien noch in weiter

Sicht. Vorbei an Wäldern, Flüssen und Seen führte ihre Reise. Teilweise durchfuhren sie wunderschöne Landschaften die Jack an seine Kindheit zurückdenken liesen. An die Urlaube, die er damals mit seinen Eltern verbracht hatte. Nach weiteren drei Stunden war es an der Zeit eine Pause einzulegen, denn auch Jack musste sich von dem langen Fahren erholen. Seine Konzentration fing an ihn zu verlassen. Er war es nicht gewohnt, solche weite Strecken mit seinem Wagen auf sich zu nehmen. So parkten sie ihren Jeep in einer kleinen Parkbucht, in welcher zwei Bänke standen. Sie stiegen aus und nahmen sie sich einige Getränke aus dem Kofferraum. Wie lange sie Rast machen wollten, das hatten sie nicht festgelegt, doch länger als einen Augenblick würde es wohl dauern. Die anliegende Straße war nur schwach befahren. Nur alle paar Minuten kam ein Auto an ihnen vorbei, doch dies wunderte die Freunde nicht, da es ein abgelegenes Gebiet war. Die Gegend war wie ausgestorben. Lediglich die Vögel, die in den Bäumen saßen, deuteten auf Leben hin. Nach einer halben Stunde, beschlossen sie, dass es an der Zeit war, sich wieder auf den Weg zu machen. Sie wollten so schnell es nur ging zu ihrem Zeltplatz. Jack und Layla sammelten die Flaschen zusammen, die die anderen hatten stehen lassen und stellten sie zurück in die dazugehörigen Kästen im Fahrzeug. Der Weg, welcher noch vor ihnen lag, war lang und beschwerlich, denn nun begann die Reise durch unbekanntes Terrain, das wohl auch von anderen gemieden wurde. Schon seit langer Zeit auf der Straße wurden es immer weniger Fahrzeuge, die ihnen entgegenkamen. Auch Dörfer oder Städte gab es keine.

Drei Stunden Fahrt waren es noch, die vor ihnen lagen. Drei Stunden in denen sie der Hitze ausgesetzt waren. Immer wieder schaute Jack aus dem Fenster seiner Fahrerseite, um vielleicht doch irgendetwas zu erkennen, jedoch war das Einzige, was er sehen konnte, kahles Land. Das Navigationsgerät, welches die ganze Fahrt lang gute Dienste erwiesen hatte, gab seltsame Geräusche von sich. Das Display flackerte immer wieder auf und es schien so, als würde es die Verbindung verlieren. Nach weiteren Minuten, in denen der junge Mann immer wieder auf das Display blickte, schaltete es sich schließlich völlig aus. »Was ist denn jetzt schon wieder los? Kann nicht einmal irgendwas richtig funktionieren?« Jack schlug mit seiner Faust gegen das Lenkrad. Er konnte sich nicht erklären, wieso das noch nicht einmal 3 Monate alte Gerät anfing zu versagen, doch sie mussten weiter. Den restlichen Weg würden sie auch so finden, so dachte er. Die Landschaft um sie herum war immer noch kahl und leblos. Hin und wieder konnten die Freunde zu beiden Seiten des Weges kleine Häuschen entdecken. Farmen, die wohl schon vor Jahren mit der Landwirtschaft aufgehört hatten, denn viele der Felder Drumherum waren ausgetrocknet und nicht mehr fruchtbar, wie es den Anschein hatte. Von der Hitze niedergestreckt und von dem Menschen nicht gewässert. Der Straßenboden auf dem der alte Jeep dahin fuhr, war schon seit langer Zeit nicht mehr erneuert worden, denn immer wieder fuhren sie in tiefe Schlaglöcher, bis sie schließlich den asphaltierten Weg komplett verließen und nur noch Landweg vor ihnen lag. Jack wusste nicht, ob sie noch in die richtige

Richtung fuhren, doch bei der nächsten Möglichkeit wollte er jemanden fragen. Er bezweifelte jedoch, dass sie bis zur Ankunft bei der angedachten Stelle, noch irgendjemanden in dieser Gottverlassenen Gegend treffen würden. Plötzlich erstreckte sich vor den Freunden ein riesiger und furchteinflößender Wald, der weit hinaus bis über die weit entfernten Hügel gedieh. Wohin sie dieser Weg wohl noch führen würde? Jack war gespannt darauf, was an ihrem Reiseziel war, denn so genau wusste er es selbst nicht. Er manövrierte den Jeep weiter über den festen Waldweg, der den Wagen immer wieder ins Schwanken brachte. Der Wald welcher sie umgab, war ein dicht bewachsen. Der Weg wurde mit jedem Meter welchen sie vorankamen schmaler. Immer weiter in den Wald fuhren die Freunde und um sie herum machte sich Dunkelheit breit, denn die Lichtstrahlen, welche zuvor noch durch die Äste geschienen hatten, würden von den Baumkronen abgefangen und vollkommen verschluckt. Nur vereinzelt schafften es ein paar von ihnen durch das dichte Blattwerk, doch ohne die Autoscheinwerfer wäre nur schwer etwas zu erkennen gewesen, wohin sie fuhren. Jack schaute immer wieder in den Wald, der sich neben dem Weg ausbreitete, doch dort konnte er nichts erkennen. Es war zu dunkel. Ein donnernder Knall ließ die fünf Freunde zusammen zucken. Jack, der völlig in Gedanken verloren gewesen war, verlor die Kontrolle über das Fahrzeug und wie von Geisterhand zog es nach rechts, in die Richtung, in welche die Bäume dicht an dicht beisammen standen. Irgendetwas stimmte nicht. Im letzten Moment konnte Jack das

Lenkrad herumreißen und das Auto vor dem Aufprall auf einen Baum bewahren. Sie waren dem Tode noch einmal von der Schippe gesprungen. Nun standen sie da. Der Wagen bewegte sich nicht mehr. Jack hatte den Motor gestoppt.»Was zur Hölle war das?« Jack, Tom, Kathrin, Max und Layla stiegen langsam aus dem Fahrzeug. Der junge Fahrer ging um seinen Wagen herum. Waren alle Reifen noch in Ordnung? Als er schließlich den rechten Vorderreifen näher in Augenschein nahm, fiel ihm sofort auf, dass dessen Luft völlig entwichen war. Sie mussten wohl in etwas hineingefahren sein.»Oh nein. Wie konnte das passieren?« Tom, der direkt hinter seinem Freund gestanden hatte, bückte sich und tastete den Reifen ab. Jack schlug die Hände über dem Kopf zusammen.»Schatz. Ist alles Okay?« Layla nahm seine Hand und streichelte ihm über sein Gesicht.»Zum Glück hast du richtig reagiert. Das hätte alles ganz anders ausgehen können. Komm, lass uns den Reifen wechseln und dann fahren wir weiter.« Er schaute ihr in die Augen und gab ihr einen Kuss auf die Lippen. Seine Freundin hatte Recht. Wenn sie heute noch an ihrem Ziel ankommen wollten, mussten sie sich beeilen, denn mittlerweile war es zwar erst 6 Uhr am Abend, doch die Sonne fing an, sich gegen den Horizont zu bewegen. Schon bald würde die Dunkelheit über sie hereinbrechen. Der junge Mann ging zum Kofferraum. Zusammen mit seinen Freunden räumte er die hoch gestapelten Taschen nach draußen, stellte sie neben den linken Hinterreifen und öffnete schließlich den Kofferraumboden unter dem er den Ersatzreifen, den er bislang noch nie benötigt hatte, vermutete. Der junge Mann erstarrte, als er jedoch feststellen musste, dass dieser sich nicht mehr an seiner ursprünglichen Position befand. Das konnte nicht sein. Wo war er? Der Ersatzreifen war nicht da. Schweißperlen rannen ihm die Stirn hinab. Was sollten sie jetzt tun. Jack nahm sein Handy zur Hand. Kein Empfang. Sie waren unzählige Kilometer von der Zivilisation entfernt.»Das ist jetzt nicht dein Ernst Jack, oder?« Kathrin schaute an dem jungen Mann vorbei und erblickte die Stelle, an der normalerweise der Ersatzreifen hätte liegen sollen. In ihren Augen konnte man die Verzweiflung erkennen, welche sie in diesem Augenblick verspürte.»Willst du uns jetzt sagen, dass wir keinen Ersatzreifen mehr dabei haben. Wie stellst du dir das Ganze denn vor? Sollen wir jetzt den Rest der Strecke laufen? Hier hat man ja nicht einmal Handy Empfang! Weißt du eigentlich, wie weit das nächste Dorf entfernt ist? An dem letzten sind wir vor einer halben Ewigkeit vorbeigefahren.« Jack konnte die Wut und die Verzweiflung in ihrer Stimme spüren, doch etwas Gutes hatte es. Noch schlimmer konnte es nicht mehr werden. Die anderen hatten sich auf den Boden neben den Wagen gesetzt. Sie überlegten, was sie nun tun sollten, doch da es bald Abend würde und die Sonne sich langsam gen Horizont bewegte, blieben ihnen nicht allzu viele Optionen. Layla schaute in die Runde. Alle waren ratlos, doch sie versuchte klar zu bleiben.»Lasst uns hier unsere Zelte aufschlagen. Es wird nichts bringen jetzt Trübsal zu blasen. Morgen können wir uns dann überlegen, wie wir weiter machen.« Die anderen stimmten dem Vorschlag des jungen Mädchens zu. Hatten sie eine andere Wahl?»Ich weiß ja nicht was ihr jetzt macht, aber ich suche etwas Holz. Ein Lagerfeuer für die Nacht finde ich dann schon wichtig.« Tom machte sich, bevor jemand anderes etwas sagen konnte, auf den Weg in den Wald. Kathrin die immer noch kopfschüttelnd da saß, die ganze Situation nicht wirklich begreifen wollte, schaute ihm mit einem fragenden Blick hinterher. »Wirklich? Du willst hier mitten im Wald ein Feuer machen? Am Ende brennt hier noch alles ab.« Tom beachtete sie nicht, sondern lief einfach weiter seines Weges. Schließlich entschloss auch Jack sich dazu, seinem Freund bei der Suche nach geeignetem Holz zu helfen und folgte diesem in das dichte Geäst. Das Einzige, auf das sie achten mussten war, dass sie sich nicht verirrten und so nah wie möglich bei ihren Freunden blieben. Allzu lange würde das Sammeln von Holz sowieso nicht, dauern, denn wie es den Anschein hatte, gab es schon lange kein Regen mehr in dieser Gegend. Der Boden war vollkommen ausgetrocknet und bei jedem Schritt zerbrachen dünne Äste unter ihren Füßen. Jack schaute immer wieder nach hinten zu den anderen. Bis jetzt konnte er sie immer noch in der Ferne erkennen, wie sie da saßen am Fahrzeug angelehnt. Er hatte das Ganze verbockt. Allein er musste es wieder geradebiegen. Doch wer hätte schon damit rechnen können, dass es so kommen würde. Die fünf Freunde mussten jetzt das Beste daraus machen, ob sie wollten oder nicht. So liefen Jack und Tom weiter, schauten sich ihre Umgebung, in der sie die Nacht verbringen wollten, etwas näher an. Die Sonne hatte mittlerweile eine sehr niedrigen stand am Himmel, sodass nun beinahe kein Licht mehr in den Wald hinein drang. Hin und wieder vernahmen die Freunde von allen unterschiedlichen Seiten knackende Geräusche. Die Tiere des Waldes konnten hier ungestört vom Menschen ihr Leben verrichten und brauchten sich vor nichts zu fürchten. Nach einer weiteren halben Stunde, in der Jack und Tom im Wald umher gelaufen waren, beschlossen sie schließlich, sich auf den Rückweg zu machen. Ob sie den Weg noch finden würden? Schließlich waren sie nun längere Zeit unterwegs gewesen. Jack hatte nicht darauf geachtet, wohin sie liefen. Zu sehr war er in seinen Gedanken verloren. Layla, Kathrin und Max warteten bestimmt schon auf sie und rechneten mit ihrer baldigen Ankunft. Mit jedem Schritt, den die beiden vor den anderen setzten, wurde es Jack mulmiger zumute. Wussten sie noch, wo sie sich befanden, oder hatten beide die Orientierung verloren? Auch als er Tom fragte, ob er den Weg zurück kenne, gab ihm dieser keine Antwort, sondern lief weiter, ohne weiter auf seinen Freund zu achten. Jack jedoch folgte ihm, in der Hoffnung, bald wieder bei den anderen zu sein. Nach mehreren Minuten, welche Jack schon fast wie Stunden vorkamen, konnten sie schließlich in weiterer Entfernung ihren Wagen Nahe des Weges erkennen. Sie hatten es geschafft. Die anderen jedoch wirkten genervt. Sie wollten endlich, dass der Tag sein Ende fand, denn die Lage in der sie nun alle steckten, belastete sie. Das Feuerholz, welches sie gesammelt hatten, stapelten Jack und Tom auf einen Haufen, sodass Drumherum genug Platz war. Kathrin spielte wie immer mit ihrem Handy ohne darauf zu achten, dass sie den Akku vielleicht irgendwann noch einmal gebrauchen konnten. Max saß direkt neben ihr. Ein Bier in der linken, das Handy in der rechten Hand. Tom nahm sein Feuerzeug und entzündete schließlich das aufgestapelte Holz, das schon nach nur wenigen Augenblicken brannte und eine riesige Flamme in die Höhe steigen ließ. Für einen Moment stockte Jack der Atem. Wenn sie nicht aufpassen würden, dann könnte der ganze Wald in Brand geraten, doch sie hatten Glück. Das Feuer ging wieder zurück. Die Flamme hatte sich beruhigt. Als es langsam vor sich hin brannte, blickte Jack noch einmal in die Runde.»Den Jeep lassen wir am besten hier stehen, dann kann uns schon keiner übersehen.« Mittlerweile war es kalt geworden. Sie waren alle froh, nun ein warmes brennendes Feuer vor sich zu haben. Selbst Kathrin, welche zuvor noch gegen ein solches im Wald gewesen war, hatte sich damit abgefunden und wärmte ihre kalten Hände an der Flamme. Tom blickte in die Runde, sah die Blicke seiner Freunde und wollte für etwas bessere Stimmung sorgen.»Ich würde vorschlagen, dass ihr alle jetzt mal die traurigen Gesichter ablegt und wir gemeinsam einen drauf machen? Es bringt nichts, den Kopf hängen zu lassen. Dafür sind wir nicht hier! Auch wenn wir nicht bei unserem Ziel angekommen sind, dann machen wir es uns eben vorerst hier gemütlich. Was Solls?« Tom und Max gingen zusammen zum Wagen, holten die Bierkästen aus dem Kofferraum und stellten sie in die Nähe des Lagerfeuers ab. Die anderen hatten derweilen mit dem Aufspießen von Marshmallows begonnen, um sich so den Abend zu versüßen. Ein Blick auf sein Handy, welches mittlerweile nur noch im Energiesparmodus war, zeigte Jack, dass es schon 10 Uhr am

Abend war. Nachdem Jack jedem seiner Freunde eine Bierflasche in die Hand gedrückt hatte, stießen sie trotz der herrschenden Umstände an. Ab jetzt konnte es nur besser werden und Jack versuchte, seine schlechte Laune so gut es ging zu überspielen. Tom hatte sich neben Layla gesetzt, doch Jack konnte es sich noch nicht so richtig gemütlich machen. Der junge Mann lief gedankenverloren mehrere Minuten in der Nähe der Freunde umher und betrachtete so gut wie es noch möglich war die Gegend. Vieles konnte er im Mondschein, welcher durch die Bäume hindurch drang nicht erkennen und auch das Lagerfeuer erhellte nur bedingt den Wald. Jack hatte das Gefühl, das ihn nicht mehr losließ, dass sie von jemandem oder etwas dort draußen beobachtet wurden. Ihm war es so, als hätte er Augen im Dickicht aufblitzen sehen, doch vielleicht hatte er sich auch einfach nur getäuscht. Er war sich nicht sicher. Nachdem Jack sich schließlich ebenfalls gesetzt hatte, versuchte er noch einmal so gut es ging abzuschalten. Er wollte nicht länger die Vorwürfe an sich selbst über ihn bestimmen lassen. Ihn traf keine Schuld an der ganzen Sache. Natürlich hätte Jack vorher überprüfen müssen, ob er einen Ersatzreifen dabei hatte, doch wer konnte schon damit rechnen, dass sie eine Reifenpanne erleiden würden. Er spürte die Wärme in seinem Gesicht, als das Feuer leise vor sich hin loderte. Für einen kurzen Moment konnte er all seine Gedanken, die ihn mittlerweile schon mehrere Stunden plagten, vergessen. Das Feuer brannte und die Bäume wehten im leichten Wind, welcher an diesem Abend durch den Wald fegte. Immer wieder vernahmen sie von mehreren Seiten rascheln, doch sie dachten sich nichts weiter dabei. Vermutlich waren es Tiere. Was sollte es sonst sein, in dieser Menschen verlassenen Gegend.

Er schaute auf sein Handy und erschrak bei dem Anblick welcher sich ihm bot, denn er und seine Freunde hatten wohl nicht auf die Zeit geachtet. Mittlerweile war es drei Uhr in der Nacht. Der junge Mann verspürte ein flaues Gefühl im Magen. War ihm der letzte Joint, den er sich mit Tom genehmigt hatte zu viel gewesen? So schnell er nur konnte sprang er auf und machte sich auf den Weg zu einem Busch, der nur wenige Meter von dem Wagen der Freunde entfernt aus dem Boden ragte. Dort angekommen erbrach er sich schließlich. Es war ein grauenhaftes Gefühl. Der Wind pfiff durch die Baumkronen und wurde von Minute zu Minute stärker. Ob das Wetter umschwenken und sie schon bald in einem Sturm feststecken würden? Mehrere Minuten stand Jack nach vorne gebeugt da und wartete ab, ob noch was nachkommen würde, doch schließlich hatte er sich vollständig geleert. Er ging zurück zu seinen Freunden, die schon auf ihn warteten und ihm allesamt ein breites Grinsen entgegen warfen. Doch sagen tat niemand etwas. Auch Layla war durch das lange Feiern müde geworden und hatte sich das ein oder andere Glas gegönnt. »Wie schaut es bei euch aus? Also ich werde mich jetzt hinlegen. Irgendwann reicht es auch.« Jack nahm seine Freundin an die Hand. Gemeinsam gingen sie hinüber zu ihrem Zelt, das nicht weit von dem Wagen entfernt, mitten auf dem Wege stand. Nachdem sie sich alles zurechtgelegt hatten, konnten sie sich endlich ihren wohlverdienten Schlaf genehmigen. Leider war der Boden unter dem Zelt alles andere als gemütlich. Doch so war es nun einmal, wenn man Zelten gehen wollte. Damit musste man auskommen. Die anderen saßen noch immer draußen vor dem vor sich hin brennenden Lagerfeuer. Sie erzählten sich düstere Horrorgeschichten, die Jack im Augenblick wirklich nicht gebrauchen konnte. Er versuchte sie zu ignorieren, so gut es ging, doch immer wieder wurde er durch die lauten Rufe von Max aus dem Schlaf gerissen. Nach einer gefühlten Ewigkeit begaben sich jedoch auch die anderen zu ihren Betten und Jack konnte endlich seine Augen schließen. Er war gespannt, was sie am nächsten Tag erwarten würde.

Kapitel 4 - Der Fremde

Lautes Vogelgezwitscher riss sie aus dem Schlaf. Am liebsten hätte Jack weiter in seinem Schlafsack verweilt, auch wenn es nicht der bequemste Schlafplatz war, doch er war gezwungen gegen diesen Gedanken an zu kämpfen. Ein Blick auf sein Handy verriet ihm, dass es mittlerweile 10 Uhr geschlagen hatte. Der junge Student fühlte sich grauenhaft. Sein ganzer Körper schmerzte. Vielleicht hatte er sich einfach verlegen. Langsam öffnete er den Reißverschluss seines Zeltes und begab sich nach draußen, während seine Freundin sich noch von einer Seite auf die andere warf. Sonnenstrahlen drangen durch die dichten Baumkronen hindurch und wärmten seine Haut. Ein kühler Wind wehte durch das Geäst der Bäume. Es schien ein angenehmer Tag zu werden und der junge Mann hatte die Hoffnung, dass es so die ganze Zeit bleiben würde. Auf dem Weg zu dem Jeep, der wenige Meter entfernt stand, fiel ihm auf, wie schlecht er an diesem Morgen noch zu Fuß war. Auch ihm hatte das lange Feiern keineswegs gut getan und auch der harte Boden unter seinem Körper hatte es keineswegs besser gemacht. Auch wenn er noch gerne weiter geschlafen hätte, rief er sich abermals die Situation in den Kopf, vor welcher sie standen. Sie saßen fest und mit Hilfe konnten sie nicht rechnen. Jack hatte sich eine Flasche Limonade aus dem Kofferraum seines Wagens genommen, trank Schluck für Schluck, während er sich im Wald, der um ihr aufgebautes Lager seine Wurzeln geschlagen hatte, weiter umschaute. Weit konnte er jedoch nicht sehen, denn die dicht an dicht stehenden Bäume hinderten ihn daran. Als er abermals gedankenverloren einfach nur da saß, die Limonade vor sich gestellt, bekam er nicht mit, wie seine Freundin hinter ihm ebenso aus ihrem Schlafsack gekrochen war. Sie hatte sich vor das Zelt gesetzt und hielt sich den Kopf. Als Jack sie jedoch erblickte, hatte er kein Mitleid mit seiner Freundin. Mehrere Minuten saß sie da, rührte sich keinen Zentimeter, bis sie sich schließlich dazu motivieren konnte auf zu stehen, um ihrem Freund Gesellschaft zu leisten. Schnell hatte sie einen Platz neben Jack gefunden, nachdem sie sich ebenfalls etwas zu trinken aus dem Wagen geholt hatte. Für einen kurzen Moment genossen beide die Stille der Natur, wie sie sich um sie herum abspielte. Nur zu hören, das Zwitschern der Vögel und das Blätterrauschen der Bäume, die sich sanft im Wind hin und her bewegten. Layla hatte die Augen geschlossen. »Hey Schatz! Alles in Ordnung?« Der junge Mann legte ihre Hand in seine. Als sie die Augen wieder öffnete, blickte sie ihm direkt in Seine. »Der Tag gestern war ziemlich anstrengend.« sagte sie und gähnte. »Ich bin echt fertig. Was wollen wir denn jetzt machen, um hier wegzukommen?« Jack überlegte, was das Beste wäre, denn sie wussten nicht, wie weit das nächste Dorf oder auch die nächste Stadt entfernt sein würde. Vielleicht fanden sie am anderen Ende der Straße eine Gemeinde, direkt hinter dem Wald, in welchem sie sich befanden, doch dies wussten sie eben nicht. Nun mussten Jack und Layla warten, bis auch die anderen endlich aus ihren Zelten gekommen waren. Doch der junge Mann hatte nur wenig Lust, weiter seine Zeit zu vergeuden. Er wollte jetzt schon etwas tun, auch wenn es nicht viel war. Jack strich ihr eine Haarsträhne aus ihrem wundervollen Gesicht. »Layla ich schaue mich hier in der Gegend etwas um« sagte er, stand auf und blickte den Weg entlang. »Vielleicht gibt es hier ja etwas, was uns weiterhelfen könnte. Die anderen schlafen ja noch, also müssen wir warten bis sie aufgewacht sind, um alles Weitere zu besprechen.« Er gab ihr einen Kuss auf die Wange. »Warte hier und gib den anderen Bescheid, dass ich bald wieder zurück bin.« Mit diesen Worten verließ er das Lager und machte sich auf den Weg, um nach etwas zu suchen. Was genau das war, wusste er nicht. Layla gefiel der Plan ihres Freundes nicht, doch fühlte sie sich in diesem Augenblick nicht in der Lage dazu, etwas dagegen zu sagen. Immer wieder musste sie versuchen, die Augen offen zu halten. Jack bereute es, dass die Freunde keine Landkarten eingepackt hatten, denn sie hatten sich zu sehr auf ihre digitalen Geräte verlassen. Sein Vater hatte ihm noch wenige Tage vor der Abreise nahe gelegt, dass sie dies nicht vergessen sollten, doch Jack hatte nicht auf ihn gehört. Jack wusste nicht mal annähernd, wo sie sich befanden. Um sie herum gab es nur Wald. Mehr nicht. Die Bäume, die sich entlang des Weges schlängelten, wurden dichter und verschluckten das Licht in ihren Baumkronen, welches sich stellenweise seinen Weg suchte. Immer wieder waren einzelne Lichtflecken auf dem Boden erkennbar, doch trotz der hochstehenden Sonne drang nur wenig davon in den Wald hinein. Jack lief weiter. Er gab die Hoffnung nicht auf jemanden oder etwas zu finden, dass sie retten würde. Der furchteinflößende Wald um ihn herum, der den Weg mit dunklen Schatten überdeckte, lies die Furcht in ihm erblühen. Egal wohin der junge Mann auch schaute, jedes Rascheln und jede Bewegung zwischen den Bäumen gab ihm das Gefühl, beobachtet zu werden. Plötzlich hörte Jack ein Geräusch aus einem Busch, welcher nicht weit von ihm entfernt stand. Ein Rascheln. Er trat näher heran, um zu erkennen, was es sein konnte, doch er war zu undurchsichtig und stand wie eine Wand vor ihm. Langsam schob Jack die wuchernden Äste des Strauches beiseite und als er durch diesen hindurchblicken konnte erschrak er, trat einen Schritt zurück und war kurz davor zu stürzen. Im letzten Moment jedoch, konnte er seinen Halt zurückerlangen. Ein großer stämmiger Mann trat ihm entgegen. Er trug einen Vollbart und die Kleidung welche er an hatte, war wie die eines Farmers, wie man es noch von früher kannte. Jack war es nicht möglich sich zu bewegen. Zu sehr steckte der Schrecken noch in ihm. Er stand da, ohne zu wissen wie er nun zu handeln hatte. Der Fremde kam mehrere Schritte auf ihn zu, doch über seine Lippen kam kein einziges Wort. Was hatte er hier zu suchen? Konnte er den Freunden helfen? » Sir bitte. Wir hatten einen kleinen Unfall mit unserem Wagen und benötigen ihre Hilfe. Wir kommen nicht mehr weg von hier. Könnten sie uns ihr Telefon borgen, um einen Abschleppwagen zu rufen?«. Der Mann verzog keine Miene, schaute seinem Gegenüber starr in dessen Augen. Was hatte er nur? Jack wusste nicht, was er tun sollte. Eine gefühlte Ewigkeit standen die beiden da und keiner von ihnen regte sich. Plötzlich, ohne ein Wort zu verlieren, trat der Fremde dem jungen Mann einen Schritt entgegen und blickte über diesen hinüber in die Richtung, aus welcher Jack gekommen war. »Ich habe hier kein Telefon und auch auf meinem Hof besitze ich so etwas nicht. Dieses neumodische Zeugs brauchen wir hier nicht.« Der etwas verwahrlost wirkende Mann lachte und rieb sich seinen Bart. »Wo steht euer Wagen denn? Ich kann euch helfen die Karre von dort wegzubekommen. Zu Hause auf meinem Hof habe ich einen kleinen Schlepper stehen, der das schaffen sollte, aber in die nächste Ortschaft kann ich euch nicht fahren, da bin ich nicht gerne gesehen. Das können wir vielleicht die nächsten Tage machen, aber heute definitiv nicht mehr.« Jack wusste nicht so recht, ob er seinem Gegenüber trauen konnte. Auf den ersten Blick wirkte dieser so mysteriös und undurchsichtig. Doch was blieb ihm schon anderes übrig als dem ihm völlig Fremden zu glauben und ihm zu vertrauen? Auch wenn er den bärtigen Mann vor sich nicht einschätzen konnte, nicht wusste, ob er gute Absichten hatte, blieb ihm schließlich nichts anderes übrig. »Das wäre großartig, wenn sie uns da behilflich sein könnten. Wir stehen von hier knapp einen Kilometer entfernt. Wir haben nur einen platten Reifen, aber Ersatz haben wir leider nicht dabei. Deswegen kommen wir hier auch nicht mehr weg.« Der Fremde lief weiter in die Richtung, aus der Jack gekommen war. Direkt an dem Jungen vorbei ohne auch nur einen Moment lang, auf das von diesem Gesagte einzugehen. Jack folgte ihm und sah ein, dass er möglicherweise einfach seine Bedenken die er hatte, ablegen musste. Nach einer viertel Stunde kamen sie an dem Lager der Freunde an, die mittlerweile alle aufgestanden waren und um die Feuerstelle herum saßen. Auf dem Feuer stand ein kleiner Topf, in dessen inneren ein Gemisch aus Bohnen, Gemüse und Chili brodelte. Als der Bärtige dies sah, wurden seine Schritte schneller, bis er schließlich direkt bei ihnen war. Jacks Freunde waren im ersten Moment etwas verwirrt und in ihren Gesichtern spiegelte sich ihre Angst, doch als sie Jack hinter ihm sahen, wussten sie, dass er zu ihm gehörte.»Was wird denn das hier? Welche Laus ist euch denn über die Leber gefahren?« Wütend nahm der Bärtige den Topf der auf dem heißen Feuer stand und entleerte ihn über der Flamme, bis sie schließlich erloschen war. Eine dunkle Rauchwolke stieg gen Himmel.»Hier wird kein Feuer gemacht! Habt ihr überhaupt eine Ahnung, was da passieren kann, wenn man im Wald eine offene Feuerstelle zündet?« Das geplante Essen fiel also aus. Sie saßen alle nur da und starten den Mann an. Niemand sagte etwas. Sie trauten sich nicht, dem großen Stämmigen etwas entgegenzusetzen. Für einen kurzen Moment herrschte völlige Stille. Selbst die Vögel hatten aufgehört zu singen. Das Einzige was zu hören war, war der Wind, der durch die Baumkronen fegte.»Das ist also das Fahrzeug, von dem du gesprochen hast?« Der Fremde lief auf den Jeep zu, der noch immer so da stand, wie sie ihn hatten stehen lassen. So als wäre nichts passiert betrachtete er den Wagen und musterte die Reifen mit einem leichten Grinsen auf seinem Gesicht. Langsam umrundete er den alten Wagen. Als er den rechten Vorderreifen erreicht hatte, bemerkte er den Platten, welchen sie sich zugezogen hatten und stand auf.»Da habt ihr euch wohl was eingefahren. Das kann hier schon mal passieren.« Schließlich schaute er zu Jack der immer noch bei seinen Freunden stand. »Mein Hof ist etwas weiter entfernt, deshalb wird es eine Weile dauern, bis ich wieder hier bin. Ich werde mit meinem Schlepper wieder kommen und euch die Karre vor meiner Scheune abstellen. Wenn ihr wollt, könnt ihr es euch dort ein paar Tage gemütlich machen. Ich werde am Ende der Woche in das nächste Dorf fahren.« Da es den Freunden an anderen Möglichkeiten fehlte und sie ansonsten mehrere Stunden zu Fuß unterwegs sein würden, beschlossen sie das Angebot anzunehmen. Was konnte schon passieren? Vielleicht war er ja doch ein ganz angenehmer Zeitgenosse. Dies würden die nächsten Tage zeigen. Schließlich drehte sich der stämmige Mann um und entfernte sich von den Freunden, die ihm mit fragenden Blicken hinterherschauten. Wann er zurückkommen würde wussten sie nicht, doch egal wie lange es auch dauern sollte, dort fanden sie einen Schlafplatz und konnten sich ausruhen. Jack blickte auf die Uhr, welche mittlerweile schon 12 geschlagen hatte. Der Akku der Telefone neigte sich allmählich dem Ende. Zum Glück hatte Layla zwei ihrer mobilen Ladestationen mitgebracht. Damit sollten sie wohl vorerst über die Runden kommen, wenn aber auch diese den Geist aufgaben, dann mussten sie nach einer anderen Lösung suchen. Zur Sicherheit beschlossen sie, dass sie ihre Geräte abschalteten, denn helfen konnten sie ihnen in der aktuellen Lage ohne irgendwelchen Empfang so oder so nicht. Da Jack, Layla, Tom, Max und auch Kathrin nicht sagen konnten, wie lange es dauern würde, bis der Fremde wieder bei ihnen war, mussten sie sich die Zeit vertreiben. Doch was konnte man in einer solch verlassenen Gegend nur unternehmen. Das Wichtigste war, dass sie in der Nähe ihres Wagens blieben. So vergingen noch zwei weitere Stunden, in denen sie da saßen und darüber diskutierten, wer Schuld an der Misere hatte. Schließlich mussten sie jedoch einsehen, dass sie alle eine Mitschuld hatten, denn wenn sie alles besser geplant hätten, dann wäre auch ein Ersatzreifen dabei gewesen. Lange saßen sie da und schauten sich um, doch dort im Walde regte sich nichts. Seitdem der Fremde bei ihnen gewesen war, wirkte der Wald leblos und verlassen. . Das Gefühl, welches die Freunde in diesem Augenblicke umschlang, zehrte an ihren Nerven. Irgendetwas Merkwürdiges ging in diesem Wald vor, doch niemand von ihnen konnte sich einen Reim darauf bilden. Nachdem ungefähr eine weitere Stunde vergangen war, konnten sie schließlich aus etwas weiterer Entfernung Motor Geräusche wahrnehmen. Am anderen Ende der Straße sahen sie einen kleinen Truck auf sie zukommen, welcher unter lautem Poltern und Krachen die vielen Schlaglöcher durchquerte und mit jedem Meter, den er den Freunden näher kam, wurde deren Unmut stärker. Schon nach nur wenigen Sekunden war das alte Fahrzeug schließlich vor ihnen zum stehen gekommen und aus dem Fenster mit heruntergelassenen Scheiben, blickte ihnen der Bärtige mit einem breiten Grinsen entgegen.»Da bin ich! Bringen wir eure Kiste mal weg von hier.« Mit gezielten Lenkungen wendete er seinen Wagen auf dem schmalen Weg und stellte sich dann so vor das Fahrzeug, dass er den Abschlepphaken sicher anbringen konnte. Er stieg aus und musterte noch einmal die fünf Freunde, die um den Wagen herumstanden. Sein Blick blieb bei Max stehen, der wieder ein Bier in der Hand hielt. »Die Jugend. Nur am Saufen. Kannst wohl nichts anderes?« Max verschluckte sich, konnte dem Fremden aber nichts entgegnen. Der Bärtige schüttelte den Kopf und ging dann zu dem anderen Ende seines Trucks, wo sich der Abschlepphaken befand. Diesen befestigte er an dem Jeep. Die Jugendlichen hatten sich mittlerweile schon alle in den Wagen gesetzt. Gemütlich war es keinesfalls. Layla, Jack, Max und Kathrin hatten sich auf die Rücksitze gesetzt, während Tom sich den Beifahrersitz genehmigte. Sie fragten sich, wie weit sie fahren musste, um auf der Farm des ihnen Fremden anzukommen. Schon startete der Wagen. Die Reise begann. Wo sie enden würde, war ungewiss.

Kapitel 5 - Die Farm

*Deutschland 1980. Es war ein ganz normaler Tag, an dem John Wild auf seinem Hofe damit beschäftigt war, sich um seine Tiere zu kümmern. 30 Rinder und 20 Schweine wie auch einige Hühner zählte er zu seinem Besitz. Schon seit **Generationen** lebte er hier mit seiner Familie. **Generationen**, die ihr Leben der Selbstversorgung widmeten und die den Kontakt zur Außenwelt so gut wie es nur ging vermieden. An manchen Wochenenden jedoch kam der Farmer nicht Drumherum, über seinen Schatten zu springen und einen Fuß in das Dorf zu setzen. Über 80 Kilometer musste er mit seinem Wagen zurücklegen, um in die kleine Gemeinde zu gelangen. Dort verkaufte er sein Fleisch. Der wöchentliche Markt war zwar eine Abwechslung vom Hofaltag, doch fiel es ihm von Jahr zu Jahr schwerer den Kontakt mit den Menschen zu pflegen. John spürte ihre Blicke, wenn sie ihn sahen. Sie verachteten ihn und konnten mit seinem Lebensstil, den er mit seiner Familie, abgelegen von aller Gesellschaft führte, nicht verstehen. Schon früh in seiner Kindheit hatte John von seinem Vater gelernt, mit dem Messer um zu gehen. Wie er die Gliedmaßen der Tiere durchtrennen musste. Wie er ihnen das Leben entriss, ohne ihnen zu viele Schmerzen zu bereiten. John liebte es, das Schlachtmesser zu schwingen. Ein **kurzer** Schlag beendete das Leben. **Kurz** und schmerzlos. Gerade war er dabei seine Schweine zu füttern, als seine Tochter plötzlich aus dem Schatten an ihn herantrat. Dieses junge unschuldige Geschöpf. Er liebte sie über alles. Ihr langes blondes Haar, die blauen Augen die sie von ihrer Mutter hatte und die roten Wangen. Für nichts auf der Welt würde er dieses Kind hergeben, denn ein Leben ohne sie wäre etwas, was er sich* *niemals vorstellen könnte. In ihren Händen hielt sie ein selbst gemachtes Wurstbrot, welches sie ihrem Vater mit einem Lächeln im Gesicht* entgegen *streckte. Er nahm das Brot* entgegen *und erwiderte das Lächeln, welches sie ihm* entgegen *warf. Ihre wunderschönen langen blonden Haare waren ihr ins Gesicht gefallen. So unauffällig wie es nur möglich war, versuchte sie die Haare aus ihrem Gesicht zu streichen. »Danke mein Schatz.« John konnte sich keine bessere Tochter vorstellen. Sie widersprach nicht, half ihrer Mutter im Haushalt und ab und zu war sie* sogar *in den Ställen bei ihrem Vater, um ihm einzelne Arbeiten abzunehmen. Jedoch achtete er stets darauf, dass sie sich nicht überarbeitete, denn dies wollte er ihr nicht antun. Im Großen und Ganzen sollte sie ihre Kindheit genießen, wie es sich für ein jedes Kind gehörte. Sie wurde zu nichts gezwungen, sondern tat all das aus freien Stücken, nur weil sie es* nun mal *so wollte. Zur Schule ging sie nicht, wieso sollte sie auch. Alles Wichtige lernte sie von ihrer Mutter. John wollte ihr das Elend des Bildungssystems ersparen, dass den* Kindern *Wissen einverleibte, welches sie in ihrem* Leben *nie wieder brauchen würden. Den* Kindern *wurde nichts über das wahre* Leben *beigebracht und wie man mit schwierigen Situationen des Alltags umzugehen hatte. So etwas konnten sie nur zu Hause lernen. Bei ihren Eltern. Dies tat Jenny. Jeden Tag. So aß John das Brot, fütterte den Rest seiner* Schweine und machte sich danach auf den Weg zu den Feldern, die um seinen Hof herum ausgesät waren. *Jenny war wieder zurück in die Hütte gegangen, denn ihre Mutter hatte sie gerufen. Sie war gerade dabei, das Mittagessen zuzubereiten. Als John über das Feld schritt fiel ihm auf, wie gut der Mais in diesem Jahr doch war. Die letzten Jahre war immer ein großer Teil der Ernte ausgefallen. Zu wenig Regen.*

Doch dieses Jahr war es anders, denn der Mais erstrahlte in einer wundervollen Reife. Der Farmer war zufrieden. John setzte seinen Weg fort. Die Sonne schien von oben auf ihn herab, wärmte sein Gesicht und der Wind blies durch sein schulterlanges Haar. Er war glücklich. Hatte Frau und Kind, seinen Hof. Alles was er zum Leben brauchte und das ihm am wichtigsten war. Einige Zeit später, war er schließlich am Ende seines Feldes angelangt. Er blickte sich um. Rundum standen Bäume, die sein Eigentum von der restlichen Welt bewahrten. Der Wald bot ihm Schutz vor Fremden, denn nur selten verirrten sich Menschen hierher auf sein Stück Land. Genau das war es, dass der Farmer wollte. Ruhe von den Menschen. In den Jahren, in denen er hier gelebt hatte, lernte er ganz gut, ohne Hilfe auszukommen. Er brauchte die Menschen nicht. Ihm reichte seine Familie völlig aus. Diesen Lärm der Gesellschaft. Diese unglaubwürdige und dreckige Art der Zivilisation konnte er auf seinem Landstück nicht gebrauchen. Der Fluss am Rande des Waldes entsprang einer Quelle, die vom Berg herab bis hierhin führte. Das Wasser war klar und rein. Er nahm einen Schluck. Neue Kraft sprudelte in ihm auf und erfrischte seinen Körper. Schon als kleines Kind wurde ihm immer wieder von seinem Vater gesagt, wie wichtig es war, sich ab und an einen Schluck aus dieser Quelle zu genehmigen. Damals musste er oft mehrere Stunden bei der Arbeit auf dem Felde verbringen und alleine das Trinken des Wassers brachte ihn über den Tag. Nun wollte John die restliche Zeit, welche ihm noch blieb, in der freien Natur verbringen. Ab und an benötigte er das einfach, denn die Arbeit raubte ihm die Kraft. Es war nicht so, dass er sein Leben nicht liebte, doch all das war anstrengend, wenn man es über mehrere Jahre jeden einzelnen Tag so handhaben musste, wie er es tat. So viel

Zeit, welche er für seine Familie opferte. Im selbigen Augenblicke war seine Frau vermutlich gerade dabei, die letzten Handgriffe für den Mittagstisch zu erledigen. Was sie ihm auftischen würde, wusste John nicht, jedoch hatten sie erst wenige Tage zuvor Hühner geschlachtet. Sie lebten von ihrer eigenen Zucht. Darauf war er stolz. Selbst die Butter fürs Brot produzierten sie auf ihrem Hofe völlig alleine. Mit der Unterstützung seiner Frau und seiner Tochter schaffte er all das ohne Probleme. Er wusste nicht, wie es sein würde, wenn es sie nicht gäbe.

Als John gen Himmel schaute stellte er fest, dass er sich bald wieder auf den Rückweg machen musste, denn seine Frau, wie auch seine Tochter, würden auf dem Hofe schon auf ihn warten. Schließlich, hatte sie für die Familie gekocht und er wollte ihr nicht die Laune verderben, indem er das von ihr zubereitete Essen kalt werden ließ. Das war etwas, was sie nicht leiden konnte. Nach einer weiteren halben Stunde, in der er die Natur in vollen Zügen genossen hatte, machte er sich zurück auf den Weg zu seiner Familie. John war sich nicht sicher, ob er es noch rechtzeitig schaffen würde, darum verschnellerte er seine Schritte. Der Mais, der in seiner vollen Pracht da stand und sich gen Sonne streckte, machte ihn stolz. Wenn das sein Vater sehen könnte. Ob er wohl gut über ihn denken würde? In Gedanken verloren kam er schließlich zu Hause an und betrat die kleine Hütte, in der sie lebten. Das Essen stand schon auf dem Tisch. Ein Geruch warmer Fleischsuppe, seinem Lieblingsgericht, kam ihm entgegen. Seine Frau, wie auch seine Tochter saßen schon am Essenstisch und lächelten ihn mit einem breiten Grinsen an. Nachdem er sich an den Tisch gesetzt hatte, hielt er noch mal für einen kurzen Augenblick inne und lies den Moment auf sich wirken. Alles war so, wie er es haben wollte. Niemand konnte ihm dies nehmen. Glücklicher konnte er nicht sein. Jenny lächelte ihren Vater an und nahm einen Löffel von der Suppe. John schaute zu ihr. Sie war sein ein und alles.

Nun waren sie schon über 15 Minuten unterwegs. Sie wussten nicht, was sie erwarten sollte, doch der erste Eindruck der Umgebung ließ nicht wirklich etwas Gutes erahnen. Ein riesiges Maisfeld hatte sich vor ihnen aufgetürmt. In der Mitte dessen konnten sie einen kleinen Hof sehen, der wenige **hundert** Meter vor ihnen am Ende des Waldweges lag, auf dem sie fuhren. Jack bezweifelte, dass dies ein offizieller Weg war und oft gefahren wurde er wohl auch nicht, denn der Boden war uneben und wirkte nicht wirklich für Fahrzeuge geeignet. Die alte Holzhütte, die wohl das Haus des Fremden zu sein schien, wirkte alt und das Holz welches es umgab, fing an manchen Stellen schon das modern an. Als der Wagen auf dem Hof zum Stehen gekommen war, schauten sich die Freunde weiter um. Der Hof war groß und die kleine Hütte war nicht das Einzige, was sie zu sehen bekamen, denn daneben standen noch zwei weitere größere Gebäude, welche wohl die Ställe zu sein schienen. Direkt davor waren große Heuballen aufgetürmt. Vom inneren der Gebäude waren jedoch keinerlei Tiergeräusche zu vernehmen. Jack, Layla, Tom, Max und Kathrin stiegen aus dem Fahrzeug. Der bärtige Fremde trat zu den Freunden, schaute in die Runde und fing an zu grinsen. »Da sind wir. Dies ist mein bescheidenes Reich. Ich habe euch noch gar nicht meinen Namen verraten. Ich heiße John. Ich hoffe, ihr fühlt euch hier wohl.« Jack konnte die

Stimmung des Fremden nicht deuten, denn sie schien immer wieder schlagartige Sprünge zu machen. »Das ist mein Hof, der schon seit Generationen in Familienbesitz ist. Hier lebe ich nun schon mein ganzes Leben lang.« Er deutete auf die Hütte. »Leider habe ich nicht allzu viel Platz für euch in meiner Hütte. Ihr müsst es euch in der Scheune gemütlich machen, aber ich denke, das wird für euch doch kein Problem sein, oder?«»Nein natürlich nicht. Alles Okay. Vielen Dank John.« Jack hatte sich vor die anderen gestellt und stand nun dem stämmigen Fremden direkt gegenüber. »Vielen Dank.« Er streckte ihm seine Hand entgegen. Dieser hatte sich jedoch längst umgedreht und war vorangegangen. Verdutzt schauten die Freunde ihm hinterher, aber sie folgten ihm ohne weitere Fragen zu stellen. Sie wollten ihn auf keinen Fall verärgern. Nach nur kurzer Zeit erreichten sie die Scheune, welche hinter einer der Ställe lag und dort zeigte John ihnen den Platz, an dem sie ihre Schlafsäcke ausbreiten konnte. Jack war zufrieden mit dieser Schlafmöglichkeit, welche ihnen geboten wurde. Schon als kleines Kind hatte er viele Nächte auf dem Heuboden seiner Großeltern verbringen dürfen. Layla und Jack legten ihre Schlafsäcke nebeneinander. Seine Freunde verteilten sich auf ein paar Meter Entfernung. Als sie fertig waren und sicher, dass nun alles passte, gingen sie wieder vor die Scheune, wo John schon auf sie wartete. »Ach da seid ihr ja schon.« Er strahlte über das ganze Gesicht. Woher kam diese plötzlich gute Laune. »Ich muss mich jetzt leider noch um die Tiere kümmern und habe für euch keine Zeit. Wenn ihr etwas zu essen haben wollt, dann könnt ihr das um 18 Uhr bei mir im

Haus. Bis dahin müsst ihr euch aber leider noch gedulden.« Er ging davon, in eine der Ställe und lies die Jugendlichen stehen. »Und was jetzt?« Tom schaute sich um. Viel gab es hier nicht zu geben. Um sie herum erstreckte sich das riesige Maisfeld. Dahinter der Wald, dessen Ende nicht erkenntlich schien. Die Sonne warf ihre Strahlen vom Himmel hinab. Es war abermals ein warmer Tag. In ihrer näheren Umgebung gab es nichts, dass ihnen draußen Schatten spenden konnte. Schließlich nahm Layla die Hand ihres Freundes. Das junge Mädchen wollte nicht länger einfach nur so herumstehen und nichts tun. »Ich würde vorschlagen, dass wir uns ein wenig hier umschauen sollten. Wenn wir hier schon festsitzen, dann können wir auch mal etwas die Gegend Erkunden.« Da keiner der anderen etwas dagegen einzuwenden hatte, machten sie sich auf den Weg. Der Wald lag weit entfernt, doch auf dem Hof würden sie sicherlich nichts Sonderbares entdecken und ein kleiner Spaziergang würde jedem von ihnen guttun. Max packte sich seine Tasche auf den Rücken, die er kurz zuvor noch auf den Boden gestellt hatte. Schon konnten sich die fünf gemeinsam auf den Weg machen. Die Freunde schwitzten am ganzen Körper. Sie mussten die Wärme über sich ergehen lassen. Mit genügend Getränken in ihren Taschen, durchschritten sie das riesige Maisfeld. Sie mussten aufpassen, dass sie so wenig Stängel wie nur möglich zerstörten, denn sie waren sich sicher, dass John darüber nicht sonderlich begeistert sein würde. Nachdem sie schon einen Großteil der Strecke zurückgelegt hatte, nahm Max ein paar Flaschen aus seiner Tasche und überreichte sie seinen Freunden.

Für einen kurzen Moment hielten sie inne, schauten sich um, doch durch den hohen Mais konnten sie von hier aus nur sehr wenig erkennen. Schließlich liefen sie weiter, bis sie endlich den Waldrand erreichten. Jack hatte sich den Weg um einiges kürzer vorgestellt, den sie bisher zurückgelegt hatten. Ein kleiner Pfad führte in den Wald hinein. Der Fremde hatte diesen wohl angelegt. Wohin er wohl führte? Um dem Geheimnis auf den Grund zu gehen, machten sie sich weiter auf den Weg. Vielleicht würden sie an dessen Ende tatsächlich etwas auffinden. Jack und Layla waren abermals die, welche den anderen vorrausliefen. Als der junge Mann auf seine Armbanduhr blickte, war es gerade mal 14 Uhr. Ihnen blieb also noch genügend Zeit, um die Gegend zu erkunden und sich ein Bild von der Umgebung zu machen. Jack war in Gedanken verloren. Ihn wunderte es, dass der Fremde ganz alleine lebte. Ohne jeglichen Kontakt. Hatte er niemanden, der ihm Gesellschaft leistete? Er stellte es sich schrecklich vor, abseits jeglicher Zivilisation leben zu müssen, doch es würde erklären, weshalb John sich ihnen gegenüber so seltsam verhielt. In der einen Sekunde war er noch freundlich. In der anderen wiederum wandelte er sich völlig. Vielleicht würde sich das noch legen, wenn sie sich näher kennenlernten. Jack war sich jedoch nicht sicher, ob er dies überhaupt wollte. Max hatte die anderen eingeholt und lief nun an vorderster Stelle. Sie hatten es schwer ihm zu folgen. Das Geäst wurde immer dichter und Äste wuchsen ihnen in den Weg hinein, sodass sie hin und wieder einige von ihnen zur Seite schieben mussten. Der Blick nach vorne verriet den Freunden nicht, wohin sie der Pfad führen sollte. Was befand sich am Ende dieses Weges? Sie liefen immer tiefer in den Wald hinein und Jack wurde mit jedem Schritt, den sie vor den anderen setzten mulmiger zumute. Was, wenn es hier in den Wäldern wilde Tiere gab? Was, wenn sie sich schon lange in Gefahr begeben hatten? Layla hielt die Hand ihres Freundes immer fester. Plötzlich schrie Kathrin laut auf. Sie war hinter den anderen gelaufen, hatte sich etwas von ihnen abgesetzt. Mit ihren Fingern deutete sie auf einen Busch, der sich nicht weit entfernt von ihr befand. Ein lautes Rascheln. Etwas regte sich. Sie blieben stehen. Hielten den Atem an. Es raschelte wieder.

John war der glücklichste Mensch der Welt. Seine Frau schaffte es immer und immer wieder das Beste aus dem Fleisch zu zaubern, welches er ihr vorlegte. Steak von den Tieren die er monatelang gepflegt, gefüttert und für sie gesorgt hatte und welche nur das nahrhafteste Essen bekamen. Sie zauberte daraus ein leckeres Mahl für die Familie. Er war ihr dankbar dafür. Dankbar, dass sie mit ihrem ganzen Herzen bei der Sache war und sich so um ihre Tochter und ihren Mann kümmerte. Maria war sein Leben. Eine Existenz ohne seine Tochter und seine Frau konnte sich John nicht vorstellen. Sie vervollständigten ihn zu dem was er war. So aß er sein Essen und schaute in ihre Gesichter. Sie sahen zufrieden aus. An diesem Nachmittag ließ er sich ausnahmsweise mal mehr Zeit mit seiner Familie. Dies tat er viel zu selten. Er war kein Mensch der großen Worte. Noch nie, doch sie wussten, wie sehr er sie liebte, dass er alles in seiner Macht stehende für sie tun würde. Solange er lebte. Nachdem

lange Zeit am Tische vergangen war, musste er wieder nach draußen,
denn die Aufgaben auf seinem Hofe erledigten sich schließlich nicht von
alleine. Wie so oft im Laufe des Tages, musste er nun noch einmal
schauen, ob bei seinen Tieren auch alles in Ordnung war. Kranke Tiere
mussten aussortiert und von den anderen getrennt werden. Diese
konnten sie nicht mehr verwerten. Doch das kam selten vor.
Normalerweise waren sie gut genug versorgt, bekamen viel essen und
auch den Platz, den sie hatten, sollte für die Tiere ausreichend genügen.
Zuerst machte er sich auf den Weg zu den Schweinen. Insgesamt waren
es 20 Stück die er besaß und im Gegensatz zu anderen Farmen, mussten
die Tiere nicht zusammengepfercht in einem winzig kleinen Bereich ihr
Leben ertragen. Nein. Sie hatten beinahe die komplette Hälfte der Halle
für sich alleine und konnten dort ihr Leben in vollen Zügen genießen.
Manchmal kam es vor, dass John das kleine Törchen öffnete, welches
sich auf der rechten Seite der Halle befand, denn so konnten sie auch
nach draußen und sich im Schlamm wühlen. Schon wenige Tage zuvor
hatte er entdeckt, dass eines von ihnen trächtig war. Diese Momente
erfreuten ihn, denn nichts war schöner, als die Geburt eines Tieres zu
verfolgen. Bis es soweit war, würde jedoch noch einige Zeit vergehen.
Nachdem er auch bei den Rindern nach dem Rechten gesehen und ihr
Futter aufgefüllt hatte, war es schließlich Abend geworden und an der
Zeit, zurück zu seiner Familie zu gehen. Er freute sich auf den Abend
mit seiner Frau. Sie würde wieder da sitzen mit ihrer Stricknadel in den
Händen, um Socken oder andere Dinge zu stricken. Dies tat sie jeden
Abend. Doch dies waren einfach die schönsten Abende mit ihr. Als er
die alte Hütte betrat, die sein Großvater zu seinen Lebzeiten errichtet
hatte, schaute er sich um. Seine Tochter war wohl schon in ihr Bett im

Dachstuhl gegangen, welches über die kleine Treppe mitten im Raume betretbar war, denn er konnte sie in der Hütte nirgendwo sehen. Die kleine Treppe war nach oben geklappt. Dies taten ihre Eltern, wenn es Zeit für sie war zu schlafen. Später würden sie ihr folgen. Zusammen teilten sie sich einen kleinen Raum. Die Betten dicht an dicht. Sie hatten nicht mehr Möglichkeiten. Als John sich näher in seiner Hütte umschaute, sah er Maria. Seine Frau hatte es sich, wie er es vermutet hatte vor dem brennenden Kamin gemütlich gemacht und als sie ihn sah, lächelte sie ihn mit ihrem wunderschönen Lächeln entgegen. »*Ist alles in Ordnung bei den Tieren?*« *Sie war aufgestanden und war zu ihm herüber gelaufen. Sie umarmte ihren Gatten herzlich, gab ihm einen Kuss auf die Lippen. John strich mit seiner Hand durch ihr langes glänzendes Haar und schaute ihr tief in die Augen. Sie war wunderschön. Seine Ehefrau. Sein Grund, das alles weiter zu führen. Schließlich lief er mit hinüber zu den zwei Sesseln, welche direkt vor dem Kamin platziert waren und beantwortete ihre Frage.* »*Eines der Schweine trägt Junges. Mal sehen, ob sie alle durchkommen werden.*« »*Das ist schön. Das werden wir dann ja sehen, wenn es so weit ist.*« *Sie räumte noch schnell den Platz ihres Mannes neben sich frei, denn sie hatte dort ihre Wolle verstaut. Maria hatte nicht so früh mit ihm gerechnet. Normalerweise hielt er sich länger in den Ställen auf, als wie an diesem Tage. Neben dem Kamin, dessen Feuer den ganzen Raum in ein warmes Licht tauchte, befand sich ein kleines Regal, in dem mehrere Bücher standen. John nahm sich eines heraus, welches er noch nicht vollständig gelesen hatte und machte es sich dann schließlich auf seinem Sessel bequem. Endlich konnte er den Stress des Tages von sich abstreifen und den Abend ausklingen lassen. So dachte er, doch plötzlich vernahm er von draußen seltsame Geräusche. Irgendjemand trieb sich auf seinem Hof herum. Dem musste er nachgehen.*

Die Freunde blickten auf das Gebüsch, das nicht weit von ihnen entfernt war. Plötzlich sprang etwas aus diesem hervor, mit dem sie nicht gerechnet hatten. Es war ein Eichhörnchen. Als es die Jugendlichen vor sich stehen sah, lief es mit schnellen Sprüngen davon und kletterte auf den nächsten Baum, wo es von oben auf sie herabschaute. Die Freunde atmeten auf und konnten sich ein Lachen nicht verkneifen. Schließlich gingen sie weiter, den kleinen Trampelpfad entlang. Überall auf dem Boden vor ihnen, lagen herabgefallene Blätter und Tannenzapfen. Abrupt endete der Pfad. Sie mussten sich durch Gestrüpp hindurch arbeiten und Äste zur Seite schieben. Sie waren nun schon lange unterwegs gewesen. Als Jack auf seine Armbanduhr blickte, war es schon kurz vor 16:30 Uhr. Sie beschlossen, dass es das Beste wäre, wenn sie sich wieder auf den Rückweg machen würden, um so rechtzeitig auf der Farm, zum Essen zu kommen. Wenn sie zu spät dort erschienen, dann wäre der Fremde womöglich verärgert und das wollten sie nicht riskieren, denn noch konnten sie ihn nicht einschätzen. Der Rückweg aus dem Wald verlief ohne weitere Vorfälle. Mittlerweile fühlten die Freunde sich etwas wohler in ihrer Haut und auch der Kater vom Morgen war mittlerweile völlig vergessen. Schließlich erreichten sie das Maisfeld, welches sich bis hin zu den Gebäuden der Farm erstreckte. Erst jetzt entdeckte Jack die kleine Hütte, welche in der Mitte des Feldes stand. Was befand sich darin? Sie hatten aber keine Zeit, diesem Geheimnis auf die Spur zu gehen und außerdem ging es sie nichts an, wofür John diese brauchte. Meter für Meter kamen sie dem großen Hof näher. Nachdem sie sich einen Weg durch das Maislabyrinth gebahnt hatten, standen sie wieder mitten auf dem Hof, doch von dem Fremden fehlte jede Spur. Wahrscheinlich war dieser in seiner Hütte damit beschäftigt das Essen zuzubereiten, denn aus dessen Schornstein stieg dunkler Rauch auf. Jack hatte die Hand seiner Freundin losgelassen und ging auf direktem Wege zu der Hütte. Dicht gefolgt von den anderen. Sie waren gespannt darauf, wie es wohl in der Hütte aussehen würde. Wer sie dort wohl erwartete? Schließlich hatten die Freunde die Familie des Fremden, soweit es eine solche überhaupt gab, noch nicht kennenlernen dürfen. Sie wussten nichts über ihn. Er hatte ihnen nicht viel von sich preisgegeben. Sie wussten nur, dass er hier lebte. Weit entfernt von der Zivilisation. Sie konnten immer noch nicht glauben, dass er hier völlig alleine leben sollte. Jack drückte die Türklinke nach. Die alte Holztür gab ihren Weg unter lautem Knarren frei. Der junge Mann und seine Freundin waren die ersten, welche die Hütte betraten. Schon kam ihnen ein seltsamer Geruch, den die Freunde nicht identifizieren konnten in die Nase. Er war grauenhaft, dieser Gestank, doch endlich konnten sie sich in der alten Hütte etwas näher umschauen. In der Mitte des Raumes stand ein großer Tisch. Drumherum einige Stühle. In der rechten Hälfte der Hütte war ein alter Kamin in die Wand eingelassen, in dem ein warmes Feuer brannte. Dessen Flammen loderten wild umher und tauchten den Raum so in ein angenehm warmes Licht. Mittlerweile war es draußen schon relativ dunkel geworden, denn dicke Wolken hatten sich vor die Sonne geschoben. Schließlich erblickten sie auch den Fremden, der vor dem Holzofen in der Küchennische stand. Auf diesem brodelte etwas vor sich hin. Direkt wussten die Freunde, woher dieser unangenehme Geruch kam. Für einen kurzen Moment wurde den Freunden übel im Magen, doch sie ließen sich nichts anmerken. Sie wollten den Mann nicht verärgern und bewahrten deshalb ihre Fassung. Immerhin hatte er sie aufgenommen, obwohl er sie nicht einmal kannte. Die Freunde sagten nichts. Sie setzten sich an den Tisch und warteten darauf, dass John zu ihnen kommen würde. Dieser würdigte die Freunde jedoch immer noch keines Blickes. Er rührte in der vor sich hin köchelnden Suppe, deren Geruch den Freunden völlig unbekannt war und ihnen mittlerweile anfing, in ihren Nasen zu brennen. Was konnte das nur sein? Was auch immer es war, ein normal sterblicher Mensch würde so etwas niemals freiwillig zu sich nehmen. Schließlich, nach einer halben Ewigkeit drehte sich der Mann zu den Freunden um, die alle gespannt am Tisch warteten. »Das Essen ist fertig.« John nahm sich etwas von seinem von sich zubereiteten Essen und ging danach hinüber zu seinem Sessel, welcher direkt vor dem Kamin positioniert war. Tom war der erste der sich traute, dem seltsam riechenden Gebräu näher zu treten, das sich dort auf dem Ofen befand. Er schöpfte sich etwas in einen Teller, der neben der Heizplatte stand. Das Holz unter seinen Füßen knarrte, als er langsam zurück zu dem alten Tisch lief, an dem seine Freunde noch immer saßen. Diese taten es ihm nun gleich, holten sich einen Teller voller Suppe und schließlich waren sie alle wieder an ihren Plätzen. Auch wenn der Geruch des Gebräus grauenhaft war, wollten sie versuchen etwas davon zu essen. Jack begutachtete sein Essen. Es war ein dunkles Gebräu, welches er nicht näher beschreiben konnte. Kleine Fleischstücke schwammen darin umher, doch der Geschmack war nicht der gewohnte, den er von Rinder oder Schweinefleisch kannte. Der junge Mann versuchte es sich gut zu reden. Was anderes blieb ihm nicht übrig, denn der Fremde ließ sie nicht aus den Augen und starrte zu ihnen hinüber. Jack fühlte die Blicke in seinem Nacken. Es war grauenhaft unter Beobachtung zu stehen. So schnell wie es ihm möglich war, schlang er die Suppe hinunter und es kam ihm beinahe so vor, als würde es nicht weniger werden. Doch endlich hatte er es geschafft. Sein **Teller** war leer. Als auch die anderen mit dem Essen fertig waren, standen sie auf, stellten ihre **Teller** zusammen und verließen leise den Raum. John saß immer noch auf seinem Platz, aber er hatte seinen Blick von den Freunden abgelassen. Nun starrte er in Gedanken verloren in das lodernde Feuer des Kamins. Jack schloss die Türe hinter ihnen. Mittlerweile war es schon sehr dunkel geworden und die Sonne hatte damit begonnen gen Horizont zu wandern. Es blieb ihnen nichts anderes mehr übrig, als zurück zu ihren Schlafplätzen zu gehen, um den Abend dort ausklingen zu lassen. Dunkle Schatten begannen damit, den Hof in dunkles Licht zu tauchen. Die anderen gingen durch das große Scheunentor, doch Jack und seine Freundin beschlossen, noch einen kurzen Moment draußen an der frischen Luft zu verbringen. Dunkle Wolken hatten sich aufgetürmt. Die Sonne war nicht mehr zu sehen, jedoch kam der Mond allmählich zum Vorschein. Jack glaubte, dass es womöglich bald anfangen würde zu regnen. Die Wolken am Himmel liesen darauf schließen. Nachdem er und Layla eine halbe Stunde einfach nur da gestanden hatten, um das Natur Spektakel zu betrachten, war es schließlich an der Zeit, zu ihren Freunden zurückzukehren. Sie wollten nicht draußen sein, wenn der Himmel wirklich anfangen würde, sich zu öffnen. Als das große Scheunentor hinter ihnen ins Schloss gefallen war, sahen sie auch schon die anderen, welche sich mittlerweile wieder zusammengefunden gefunden hatten und es sich nun nur wenige Meter von dem Tor entfernt, gemütlich gemacht hatten. Eine Öllampe stand vor ihnen. Diese hatten sie wohl irgendwo in der Scheune gefunden. Sie gab nur wenig Licht von sich, doch das musste reichen. Ein paar Bierflaschen, welche noch allesamt geschlossen waren, hatten sie ebenfalls vor sich gestellt. Direkt daneben eine Flasche Schnaps. »Seid ihr auch endlich da?« Kathrin stand auf und ging zu den beiden hinüber. In ihren Händen trug sie 2 Becher, in denen eine bräunliche Flüssigkeit hin und her schwappte. Die beiden nahmen jeweils einen entgegen und setzten sich zu den anderen in den Kreis. Jack leerte seinen Becher in nur einem Zug, als plötzlich ein lauter Knall die Freunde zusammen zucken ließ. Von der einen auf die andere Sekunde war draußen vor dem Scheunentor ein Sturm ausgebrochen. Blitz und Donner wechselten sich ab. Der Wind pfiff durch den durchlöcherten Dachstuhl der Scheune. Es würde eine unruhige Nacht werden, dem waren sich die Freunde nun sicher. Sie tranken weiter ihren Alkohol, wollten sich durch das draußen tobende Wetter nicht beunruhigen lassen. Tom, der lange Zeit einfach nur da gesessen hatte und sich nicht am ganzen Geschehen beteiligte, war aufgestanden und hatte sich in eine andere Ecke des Raumes verzogen. Jack, der ganz genau wusste, was sein Freund vorhatte, folgte ihm. Die anderen drei schauten ihnen nur hinterher, blieben jedoch auf ihren Plätzen sitzen und genehmigten sich einen Schluck nach dem anderen. An die alte Holz Wand gelehnt, begann sich Tom schließlich einen Joint zu drehen. Da es um sie herum viel zu dunkel war, bat er Jack ihm Licht zu spenden. Dieser packte sein Handy aus, schaltete es ein und leuchtete seinem Freund für einen kurzen Moment. Eigentlich wollte er Akku sparen, doch eine Ausnahme konnten sie sich wohl erlauben. Nachdem Tom mit dem Drehen des Joints fertig war, zündete er ihn an. Für einen kurzen Augenblick konnten sie alles um sich herum vergessen, auch wenn die Wirkung schon nach kurzer Zeit wieder verflogen sein würde. Der Moment zählte. Lange Zeit standen die beiden einfach so da, ließen sich durch nichts aus der Ruhe bringen und genossen den Zustand, in welchen sie sich versetzt hatten. Diese Leichtigkeit. Diese totale Entspannung des Körpers. Jack wusste nicht, warum er dies nicht öfters tat und fing an den Dauerkiffer zu verstehen. Schließlich war es jedoch an der Zeit, zu den anderen zurückzukehren, denn diese würden wohl schon auf sie warten. Jack nahm sich seinen Becher, welchen er zuvor auf den Boden gestellt hatte und goss sich einen Schluck zu trinken ein. Dann setzte er sich neben seine Freundin, die schon sehnsüchtig auf ihn gewartet hatte. Zusammen stießen die Freunde auf ihre Freundschaft an, welche all die Jahre Bestand hatte. Sie saßen noch eine ganze Weile da, tranken und erzählten sich Geschichten aus ihrer Kindheit oder Dinge, die zu ihrer Freundschaft beigetragen hatten. Momente, welche ihre Beziehung zueinander ausmachte. Schließlich, nachdem lange Zeit vergangen war, rückte Layla etwas näher an Jack heran und gab ihm einen sanften Kuss auf die Lippen. »Wann gehen wir schlafen? Ich bin müde.« Die Freunde hatten einen anstrengenden Tag hinter sich. Es war 22 Uhr. Noch immer tobte draußen vor dem Tor ein starker Sturm, der immer wieder lautes Donnern hervorbrachte und die Freunde zusammen zucken ließ. Die Kälte, die sich langsam ausbreitete, drang langsam in die Scheune. Den ganzen Tag lang schien die Sonne und der Himmel war klar ohne auch nur eine einzige Wolke gewesen, doch es hatte sich so schnell gewandelt. Ob dies vielleicht ein schlechtes Omen war? Jack glaubte nicht daran. »Schatz wir können gleich schlafen gehen.« Sagte er seiner Freundin und streichelte ihr über die Wange. »Ich möchte nur noch einmal kurz nach draußen, um zu schauen, wie schlimm das Unwetter ist.« Gesagt getan. Jack erhob sich von seinem Platz, ging hinüber zum Scheunentor, öffnete es und warf einen kurzen Blick nach draußen. Die Bäume, die er dort weit entfernt erkennen konnte, taumelten gefährlich im Winde. Schon lange nicht mehr hatte er einen solch schlimmen Sturm miterleben können. Vielleicht war das für diese Gegend normal, schließlich waren Jack und seine Freundin das Wetter aus ihrer eigenen Region gewohnt, welches im Großen und Ganzen ziemlich eintönig war. Einen solchen Wetterumschwung gab es bei ihnen nicht. Nachdem er sich eine Zeit lang das Toben des Windes, des Regens und der Bäume angeschaut hatte, schloss er das Tor hinter sich. Noch immer stand seine Freundin direkt hinter ihm. Er umarmte sie und gab ihr abermals einen sanften Kuss auf die Stirn. Es war an Zeit in ihre Betten zu gehen. Schließlich wussten sie nicht, was sie am nächsten Tage alles erwarten würde. Ein letztes Mal gesellten sie sich zu ihren Freunden. »Leute wir legen uns hin. Wir sehen uns morgen.« Sie liefen hinüber in die Ecke der Scheunenhalle, wo sie ihre Schlafsäcke auf das Heu gelegt hatten, machten es sich bequem und schon nach kürzester Zeit war das junge Mädchen in seinen Armen eingeschlafen. Er dachte noch etwas nach. Wann konnten sie wohl im nächsten Dorf um Hilfe bitten? Wann würde John sie dort hinbringen? Am nächsten Tag wollte Jack ihn noch einmal fragen, wann er die Zeit finden würde, dies zu erledigen. Der junge Mann wollte so schnell, wie es nur möglich war weg von diesem Ort, denn mit jeder Sekunde die er darüber nachdachte, wurde ihm mulmiger zumute. Irgendetwas schien hier nicht zu stimmen. Er beobachtete seine Freundin noch einige Zeit beim Schlafen, bis auch ihm schließlich die Augen zu fielen.

Die anderen saßen noch lange Zeit da. Max, Kathrin und Tom machten sich über den Rest des Alkohols her, welcher bei ihnen gestanden hatte. Schließlich hatte Max den Punkt erreicht, an dem er lieber hätte aufhören sollen. Ihm wurde schlecht. Schnell rannte er nach draußen zum Rande des Hofes und übergab sich dort in das angrenzende Maisfeld. Es war ihm egal, dass es regnete und stürmte. Nachdem er sich schließlich entleert hatte, ging es ihm wieder etwas besser, doch als er sich in der Dunkelheit umschaute, sah er in der Ferne etwas, dass ihn stutzig werden ließ. Täuschten ihn seine Augen? In der kleinen Hütte auf dem Felde schien Licht zu brennen. Was hatte der Fremde noch um diese Zeit dort zu suchen. Ohne auch nur nachzudenken, setzte er einen Fuß vor den anderen. Es fiel ihm schwer gerade aus zu laufen, doch er musste es schaffen. Der Regen prasste auf seinen Kopf und seine Kleidung ein. Mittlerweile war alles schon so durchnässt, dass selbst seine Unterwäsche nicht davon verschont blieb. In diesem Moment jedoch war ihm das alles völlig egal, denn er wollte herausfinden, was in dieser Hütte in der Nacht vor sich ging. Immer wieder musste der junge Mann aufpassen, dass die starken Windböen ihn nicht von den Beinen rissen. Nur noch wenige Meter trennten ihn von der Türe der alten Holzhütte. Als er kurz davor war, nach dem Türgriff zu greifen, spürte er eine Hand auf seinen Schultern. Langsam drehte er sich um.

Wer schlich sich dort draußen auf seinem Hof herum? Eigentlich wurde sein Stück Land von den Menschen gemieden. Sie wussten, dass er hier mit seiner Familie lebte und es nicht leiden konnte, wenn man seinen Frieden störte. Seine Frau schaute ihrem Gatten hinterher. Ihr stand die Angst ins Gesicht geschrieben.»Pass bitte auf mein Schatz.« Sie war zu ihm hinüber geeilt und hatte ihre Hand in seine gelegt. »Bitte bleib hier bei mir.« *Er blickte ihr tief in die Augen. Er konnte nicht einfach in der Hütte bleiben und so tun, als hätte er nichts gehört. Er musste etwas unternehmen. Wer auch immer dort draußen auf dem Hof sein Unwesen trieb, hatte hier nichts zu suchen und musste vertrieben werden. John ließ die Hand seiner Frau los, nahm die Axt, welche direkt neben der Türe stand und schaute ein letztes Mal zurück. Er musste sie beschützen. Er musste dafür sorgen, dass Regeln eingehalten wurden. Das war das einzig Wichtige. Unter lauten Knarren öffnete er die Tür der alten Hütte. Das Kaminfeuer flackerte wild umher, als ein kalter Windstoß hereindrang. Er konnte draußen nichts erkennen. Dazu war es zu dunkel. Deshalb nahm er die Öllampe mit, welche direkt neben der Türe aufgehangen war.* »Wer ist da?« *schrie er in die Nacht hinein, doch auf eine Antwort wartete er vergebens. Aus dem Schweinestall vernahm er Geräusche. Irgendetwas oder irgendjemand schien wohl dort zu sein. Er schloss die Türe hinter sich und lies seine Frau in der Hütte zurück. Dort war sie am sichersten. Langsam lief John in Richtung der Ställe. Mit jedem Schritt, den er vor den anderen setzte, wurde ihm mulmiger zumute, denn er wusste nicht, was dort vor sich ging. Wieder hörte er ein lautes Poltern und die Angst vermengte sich mit Wut? Wer auch immer sich auf seinem Grundstück herumtrieb, sollte dies das letzte Mal getan haben. Er würde ihnen die Leviten lesen. Oder war es vielleicht auch einfach nur ein Tier, das sich verirrt hatte? Schon bald sollte er es erfahren. Das abgelegene Grundstück, das er von seinem Vater vermacht bekommen hatte, war für Menschen, die sich in dieser Gegend nicht auskannten unauffindbar. In der näheren Umgebung gab es nichts was für Touristen oder andere interessant wäre. Natürlich war es schon wenige Male vorgekommen, dass der ein oder andere sich auf den Hof verirrt hatte. Doch noch nie zu solch später Stunde. So oder so war es in dieser Gegend keine gute Idee, nachts umherzuschleichen, denn es gab viele Tiere im Wald, die nur darauf warteten, sich ihre Beute zu holen. Mit langsamen Schritten näherte sich John dem Schweinestall, der nur wenige Hundert Meter von seiner Hütte entfernt lag. Die Schweine kreischten, wie sie es noch nie getan hatten. Er öffnete die große Stalltür und blickte hinein. Auf den ersten Blick konnte der Mann jedoch nichts erkennen, was den Tumult erklären würde. Die Schweine rannten zwar wild umher, doch einen Grund konnte John nicht wahrnehmen. Mit der Axt in seiner Hand lief er durch den kompletten Stall, schaute sich genau um, doch nach nur wenigen Minuten verstummten die Tiere wieder. Sie hatten sich beruhigt. Dort war nichts. Kein Tier. Da sich die Lage beruhigt hatte, beschloss er, wieder zurückzugehen. Oder sollte er vielleicht doch noch im Rinderstall nach dem Rechten sehen? John ging hinüber und schaute auch dort, ob alles in Ordnung war. Es kam ihm seltsam vor, dass die Tiere ohne nur irgendeinen Grund verrücktspielten. Schließlich verließ John die Ställe und machte sich auf den Weg zurück zu seiner Wohnhütte. Von weitem konnte er erkennen, dass die Türe offen stand. Es war nur ein Spaltbreit, doch er war sich sicher, diese beim Herausgehen geschlossen zu haben. Plötzlich. Ein lauter Knall ließ ihn zusammenzucken. Es war wie ein Pistolenschuss, der über den ganzen Hoff schallte. Schnell nahm John seine Beine in die Hand und eilte zurück zu der Hütte. Ein weiterer Knall. Endlich erreichte er die alte Holztüre und stieß sie auf. Völlig entgeistert schaute er sich um und erstarrte als er auf den Boden blickte. Es war, als würde etwas seinem Körper entschwinden. Als wäre etwas für immer fort. Dort lagen sie. Seine Frau und seine Tochter. Auf dem Boden. Er beugte sich zu ihnen herunter, fühlte ihren Puls, versuchte sie zu retten, doch sie waren beide tot. Ihm genommen. Für immer. Er blickte nach oben, in die Augen dessen, was ihm das angetan hatte. Ein Mann, der eine Pistole in der Hand hielt und diese auf John richtete. In dem Bärtigen stieg die Wut ins Unermessliche. Trauer und Hass in ihm mischten sich. Das Beil fest in der Hand, schaute er seinem gegenüber direkt in die Augen. Menschen waren etwas Abscheuliches. Dies wurde ihm in diesem Moment bewusst. Der Griff um seine Axt wurde stärker.*

Langsam drehte Max sich um. Er erschrak, denn der Fremde stand direkt hinter ihm und blickte ihn mit finsterer Miene an. »Du hast hier nichts zu suchen! Verschwinde!« Max tat wie ihm aufgetragen wurde, nahm seine Beine in die Hand und lief mit schnellen Schritten zurück zu der Scheune, in der seine Freunde sich schon wunderten, wo Max abgeblieben war. Als er noch einmal zurückschaute, konnte er nur den Fremden sehen, der ihm hinterher blickte. Als er schließlich an der Scheune angekommen war, schauten ihn Tom und Kathrin mit verwunderten Blicken an, nachdem er sich wieder zu ihnen gesetzt hatte. »Wo warst du Max?« Kathrin nahm einen Schluck aus ihrem Glas und füllte nach. Der junge Wirtschaftsstudent schwieg für kurze Zeit, war noch etwas erschrocken durch die Begegnung mit John, bis er schließlich doch mit der Wahrheit herausrückte. »Ich wollte mich draußen einfach nur umschauen. Da ist eine kleine Hütte auf dem Feld. Da brannte Licht. Ich bin dann einfach mal hingelaufen und wollte mir das anschauen. Da stand plötzlich John hinter mir und hat mich von dort fortgejagt. Er scheint dort irgendetwas zu verstecken.« Kathrin schlug die Hände über dem Kopf zusammen. »Und da wunderst du dich, dass er dich fort jagt? Es ist immerhin sein Grundstück, auf dem wir hier sind. Ich kann es gut verstehen, wenn er herumschnüffelnde Leute nicht leiden kann.« Tom trank sein Glas leer und trat seinen Joint auf dem Boden aus. Er hatte keine Lust mehr mit den Betrunkenen vor sich zu diskutieren, denn bringen tat es sowieso nichts. Wenn Max so weiter machen würde, dann könnten sie vielleicht noch ihren Schlafplatz verlieren. Auch das junge Mädchen war genervt von der neugierigen Art, des wieder an der Bierflasche hängenden Freundes und bevor die ganze Sache zu eskalieren drohte, wäre es wohl das Beste, wenn sie alle ins Bett gehen würden. »Lass es einfach sein! Wir wollen keinen Ärger mit diesem Kerl. Wir können froh sein, dass er uns bei sich aufgenommen hat. Wir warten jetzt einfach ab. Bald wird er uns ins Dorf fahren, dann sind wir weg von hier!« Kathrin trank ihr Glas leer, welches sie sich gerade noch aufgefüllt hatte und ging dann hinüber zu ihrem Schlafsack, der auf einem kleinen Heuhaufen lag. Auch Tom machte sich schließlich auf den Weg und lies den stämmigen Wirtschaftsstudenten alleine stehen. Dieser verstand seine Freunde nicht. Eigentlich hatte er doch nichts falsch gemacht. Er hatte doch nur wissen wollen, was in dieser Hütte war. Er konnte nicht ahnen, dass der Fremde dort auf ihn lauern würde. Was verbarg sich nur in diesem kleinen Häuschen? So legte auch Max sich in seinen Schlafsack. Es war schon spät und niemand wusste, was sie am nächsten Tag erwarten würde.

Kapitel 6 - Fehltritt

Jack erwachte. Sein Kopf schmerzte. Er musste sich eingestehen, dass er es doch etwas mit dem Alkohol übertrieben hatte. Seine Freundin lag nicht mehr neben ihm, als er dorthin blickte, wo sie die Nacht neben ihm verbracht hatte. Aber auch die anderen waren schon aus ihrem Schlaf erwacht. Dieses Mal war er es, der am längsten von ihnen geschlafen hatte. Vermutlich waren sie schon nach draußen gegangen, denn in der Scheune konnte er sie nirgendwo entdecken. Langsamen Schrittes machte sich der junge Mann auf dem Weg zu dem großen Scheunentor und öffnete dieses. Nicht weit entfernt saßen Max und Kathrin auf dem Boden. Die anderen zwei standen wenige Meter weiter. Sie schienen etwas zu betrachten, doch was es war, dass konnte Jack nicht erkennen. Er gesellte sich zu seinen Freunden. Als der junge Mann auf seine Armbanduhr blickte, stellte er fest, dass es erst 9 Uhr war. Der Fremde war noch nicht zu sehen, doch womöglich war dieser schon seit Längerem wach und hielt sich irgendwo in den Ställen oder sonst wo auf. »Guten Morgen! Leute was habt ihr heute vor? Habt ihr John schon gesehen?« Jack blickte zu seiner Freundin. Diese wirkte noch etwas müde und versuchte ihre Augen offen zu halten. Kein Wunder, denn wirklich früh hatten sie sich nicht in ihre Schlafsäcke begeben. Tom deutete auf die kleine Hütte, welche sich weit entfernt in der Mitte des riesigen Maisfeldes befand. »Vor einer halben Stunde ist er dort drüben in die Hütte hinein gegangen. Bis jetzt kam er aber nicht wieder heraus.« Tom zündete sich eine normale Zigarette an und zog genüsslich an dieser. Kathrin, welche die ganze Zeit etwas abwesend gewirkt hatte und nicht einmal zu den anderen hinüber blickte, war aufgestanden und einige Meter von den Freunden weggelaufen.»Schaut doch! Da ist er.« Tatsächlich. Als Jack genauer hinschaute, konnte er den Fremden aus der Hütte kommen sehen.»Irgendetwas stimmt hier nicht. Ich hab es doch gesagt.« Max fing an, wild herum zu tänzeln, denn wieder packte ihn die Neugierde, was dort wohl in dieser Hütte vor sich ging. Was auch immer in dem kleinen Gebilde zu finden war, der Fremde wollte nicht, dass man es herausfand.»Es kann uns egal sein, was dort ist.« sagte Jack und machte sich seine Haare zurecht, die wie jeden Morgen in alle Richtungen standen. Er nahm sich ein Haarband aus seiner Hosentasche und band sie sich zu einem Zopf zusammen. Schließlich nahm er sich eine Zigarette zur Hand, zündete sich diese an und atmete tief aus.»Was haltet ihr davon, wenn wir heute noch mal in den Wald gehen, um die Gegend weiter zu erkunden. Ich habe wenig Lust, hier auf dem Hof zu versauern. Ich denke nicht, dass er uns heute irgendwo hinfahren wird.« Tom nickte und auch die anderen waren von dieser Idee nicht wirklich abgeneigt. Ihnen war klar, dass sie noch etwas länger hier festsitzen würden, denn bis zu dem jetzigen Zeitpunkt hatten sie noch keinerlei Info von dem Fremden erhalten, wann er das nächste Mal in das Dorf fahren würde, welches seiner Farm am nächsten lag. Die ganze Zeit schauten sie dem Fremden hinterher, der sich wohl auf den Weg zurück zu seiner Wohnhütte gemacht hatte. Mittlerweile war er an dieser angekommen, doch einen Blick zu den Freunden hatte er nicht geworfen. Die Türe hinter sich schloss er mit einem lauten Knall. Fragen stellen konnten sie ihm später wohl auch noch. Sie wollten ihn vorerst in Ruhe lassen. Max nahm seinen Rucksack aus der Scheune und ging hinüber zu Jacks Wagen. Nachdem er ein paar Getränke in seiner Tasche verstaut hatte, waren sie schließlich bereit, sich abermals auf den Weg zu machen. Wieder mussten sie durch das riesige Maisfeld hindurch. Dieses Mal jedoch war es anders, denn der Boden unter ihren Füßen war weich und an manchen Stellen versackten ihre Schuhe im Matsch. Der Regen am Abend zuvor hatte das ganze Feld unter Wasser gesetzt. Die Bäume in der Ferne wogen sich sanft im aufkommenden Wind. Die Vögel sangen ihre Lieder, als sie schließlich den Waldrand erreicht hatten. Zu Beginn wollten sie, wie auch am Vortag den kleinen Trampelpfad nehmen, denn so wussten sie, wo sie lang zu laufen hatten. Später mussten sie diesen sowieso wieder verlassen, da er enden würde. Zu Jacks großen Verwunderung hatte der Sturm in der letzten Nacht nicht viel Schaden im Wald selbst angerichtet. Hier und da lagen abgebrochene Äste auf dem nassen Waldboden und einige hingen leblos nach unten. Im Großen und Ganzen aber, war der Wald verschont geblieben. Um alles genau im Blick zu behalten, hatten sich Layla und Jack dazu entschlossen an letzter Stelle zu laufen. Sie liesen die anderen vorlaufen, wobei Max abermals den anderen voraus war. Erneut versuchten sie Schritt zu halten. Nach einer guten Stunde, in der sie mehr oder weniger vorangekommen waren, schienen ihnen die warmen

Sonnenstrahlen auf ihre Köpfe. Sie hatten eine Lichtung erreicht.

Jack hätte nie gedacht, dass sie jemals so etwas Schönes an diesem Ort entdecken würden, denn in der Mitte der großen offenen Fläche war ein kleiner Teich, mit einfließendem Fluss, der weiter in den tiefen Wald führte. Unberührt von Menschenhand hatte sich hier ein wahres Paradies entwickelt. Auf dem Erdboden konnte man Abdrücke erkennen, die wohl den Waldbewohnern gehörten. Jack war sich sicher, dass er darunter auch einige Wolfsabdrücke erkennen konnte. Sie beschlossen Pause einzulegen. Mittlerweile hatten sie einen weiten Weg hinter sich. Diese Stelle bot ihnen einen guten Überblick ihrer Umgebung, auch wenn die Bäume um die Lichtung dicht bewachsen waren, so fühlten sie sich hier sicherer als sonst wo in dem ihnen fremden Wald. Plötzlich, ein lautes knacken hinter ihnen. Sie drehten sich um, doch dort war nichts, was dieses hätte verursachen können. Jack hatte schon die ganze Zeit über das Gefühl gehabt, dass irgendjemand ihnen folgen würde, doch immer wenn er sich umdrehte hatte, war um sie herum alles still. Die Freunde entdeckten einen wohl schon seit längerem gestürzten Baum, dessen Stamm eine wunderbare Sitzmöglichkeit zu sein schien. Für wenige Minuten wollten sie hier Rast halten, bis ihre kleine Erkundungstour weitergehen sollte. Um sie herum war mittlerweile wieder alles still geworden. Lediglich die Blätter der Bäume raschelten leise im Wind. Die Sonne warf ihre hellen Strahlen von oben auf sie hinab. Es war ein schöner Tag. Lange Zeit saßen die fünf einfach nur so da und betrachteten die Natur, die um sie herum passierte. Doch nach ungefähr einer weiteren halben Stunde wurde es Zeit, dass sie sich wieder auf den Weg machten. Zwar hatten sie kein Ziel, doch sie wollten nicht die Hälfte des Tages damit verbringen, nur herum zu sitzen. Jack, Layla, Tom, Max und Kathrin machten sich auf den Weg. Sie wollten noch etwas vom Tag erleben. Max der stämmigste von allen ging voraus. Gerade noch, als Jack nach ihm rufen wollte, um ihm zu sagen, dass er anhalten solle, hörten die Freunde einen lauten Schrei von ihm. Er war hinter einem kleinen Hügel verschwunden, deswegen hatten sie ihn nicht mehr gesehen. Jack, Layla, Kathrin und Tom rannten los, um zu schauen, was passiert war, doch es war zu spät. Max war in ein tiefes Loch gestürzt. »Alles Okay Max?« Kathrin hatte sich auf den Boden gekniet und schrie zu Max herunter, der zusammengekauert, in dem tiefen Loch lag. Er hielt sich sein Bein. Der Junge krümmte sich vor Schmerzen. »Verdammte Scheiße. Ich glaube, ich hab mir mein Bein gebrochen.« Jack schlug die Hände über seinem Kopf zusammen. »Na toll das hat uns gerade noch gefehlt.« Sie mussten überlegen, wie sie ihn da rausholen sollten. Ohne ein Seil oder sonstige Hilfsmittel war es unmöglich zu diesem zu gelangen, denn dafür war das Loch zu tief. »Wir haben nur eine einzige Möglichkeit Leute.« Tom hatte sich erneut eine Zigarette angezündet und schaute zu Max hinunter. Man konnte ihm ansehen, dass er die ganze Situation im Gegensatz zu den anderen belustigend fand, jedoch wollte er niemanden verärgern, weshalb er den einzigen Einfall brachte, den er in diesem Augenblick hatte. »Wir müssen ihn fragen, ob er uns helfen kann. Wir werden Max alleine nicht hier raus bekommen.« Jack sah ein, dass es wohl keine andere Möglichkeit gab, ihrem Freund zu helfen. Sie hatten das Pech für sich gepachtet und abermals war der Fremde wohl der Einzige, der ihnen weiterhelfen konnte. Ob sie nun wollten oder nicht. Ihn mussten sie ansprechen. »Leute helft mir. Holt irgendjemand. Ich will hier raus.« Jack schaute seine Freunde an. Sie wussten, dass ihnen nicht viel Zeit blieb, denn die Wunde ihres Freundes blutete stark.

Gemeinsam machten sie sich auf den Rückweg, zurück zum Hof. Max wollte, dass sie zusammen gingen. Er meinte, er würde das alleine schaffen, bis sie wieder kamen. Nach ungefähr einer Stunde Fußmarsch hatten sie den Hof des Fremden schließlich erreicht und standen vor dessen Hütte. Sie riefen nach ihm, doch sie bekamen keine Antwort. Als sie in den Ställen nachschauen wollten, ob er sich möglicherweise dort befand, mussten sie aber feststellen, dass die Tore mit Vorhängeschlössern gesichert waren. Dort war er wohl nicht. Sie mussten weiter nach ihm suchen. Ohne ihn konnten sie ihren Freund unmöglich aus dieser misslichen Lage wieder herausholen. Ihnen fehlten die Mittel.

Es waren furchtbare Schmerzen, die seinen Körper durchfuhren. Er war sich sicher, dass sein Bein gebrochen war und er wünschte sich, er wäre nie so weit voraus gelaufen. Wie konnte er nur so dumm sein. Diese ganze Reise war ein einziger Fehler. Was sollte jetzt noch kommen. Er musste so schnell es nur ging in ein Krankenhaus. Max hoffte, dass seine Freunde sich beeilen und schon bald mit Hilfe zurückkehren würden, doch mit jeder Sekunde, die er daliegen musste, schwand seine Hoffnung weiter. Er versuchte sich von den Schmerzen abzulenken, doch sie brachten ihn um seinen Verstand. Plötzlich hörte der junge Mann ein Rascheln, dass nicht weit entfernt von ihm, aus einem der Büsche, in der Nähe des Loches kam. Irgendjemand war dort oben. Er war sich sicher, doch er konnte niemanden erkennen. Alleine die Baumkronen machte er von hier unten aus, wie sie sich im Winde hin und her bewegten. Das Rascheln oben wurde lauter, doch noch immer sah Max nicht, woher genau es kam. »Hallo ist da jemand?« Keine Antwort. Waren es seine Freunde, die zurückgekehrt waren? Nein das konnte nicht sein. So lange waren sie noch nicht weg, dass sie nun hätten wieder da sein können. »Jack, Kathrin, Tom, Layla? Seid ihr das?« Die Sekunden verstrichen und es kam ihm vor, als würden Minuten vergehen, bis sich schließlich wieder etwas bewegte. Plötzlich ohne jegliche Vorwarnung stand er da. Der Fremde. Er hatte sich oben direkt vor dem Loch platziert und schaute hinab zum dem wehrlosen jungen Mann, der nicht wusste was ihm bevorstand. »John, ein Glück das sie hier sind. Sie müssen mir helfen.« Doch John zeigte keinerlei Regung. Er stand einfach nur da, bewegte sich nicht, sondern starrte auf den Wehrlosen hinab. Ein Lächeln breitete sich auf seinem Gesicht aus. Was hatte der Fremde? Wieso tat er nichts? Schließlich nahm der große stämmige Mann ein Seil zur Hand, welches er neben sich auf den Boden gelegt hatte und verließ für einen kurzen Moment seine Position. Was hatte er vor? Nach kurzer Zeit kehrte er zurück. Wie es schien, hatte er das andere Ende des Seils an einem Baum oder irgendetwas anderem befestigt. Schon machte er sich daran, sich zu dem jungen Mann abzuseilen. Schließlich stand er direkt neben diesem und betrachtete ihn, ohne etwas zu sagen. Das konnte doch alles kein Zufall sein. Max glaubte nicht daran, dass John nur zufällig hier vorbei gekommen war. War er für all das verantwortlich? Doch noch bevor der junge Mann etwas sagen konnte, hatte John zum Schlag ausgeholt. Ein harter Hieb traf Max an seinem Schädel. Plötzlich wurde alles schwarz vor seinen Augen.

»Wo ist der Kerl?« Jack lief in der alten staubigen Hütte des Mannes umher, in der sie am Tage zuvor gegessen hatten. Nichts hatte sich verändert, seitdem sie das letzte Mal hier gewesen waren. Der Fremde, war nirgendwo zu sehen. Mittlerweile hatten sie jeden erdenklichen Ort auf dem Hof nach ihm abgesucht. Er schien wie vom Erdboden verschluckt worden zu sein. Vielleicht in der kleinen Hütte auf dem Feld? Jack überlegte einen Moment, ob sie noch einmal nachschauen sollten, doch er glaubte nicht daran, dass er dort war. Was sollte er an diesem Ort solange tun? Vielleicht wäre es das Beste, wenn sie zu Max zurückkehren würden doch noch einmal versuchten, ihn mit eigenen Kräften aus dem Loch herauszuholen. Irgendeinen weg musste es geben. »Leute! Ich glaube John ist nicht hier. Der wird sich irgendwo anders herum treiben. Lasst uns zurück zu Max gehen und versuchen, ihm irgendwie zu helfen. Wir finden bestimmt eine Möglichkeit.« Die anderen stimmten ihm einstimmig zu, doch dann fiel Tom etwas Wichtiges ein. »Wartet kurz. Ich glaube, dass ich heute Morgen ein Seil in der Scheune gesehen habe. Das können wir bestimmt verwenden um Max aus dem Loch heraus zu bekommen.« Tom ging hinüber zu der Scheune und kam wenige Minuten später zurück mit einem langen Strick in der Hand. Wieso war ihnen das nicht schon früher eingefallen. Viel zu viel Zeit hatten sie damit verschwendet, nach John zu suchen. Sie hätten schon längst wieder bei ihrem Freund sein können. Abermals machten sie sich auf den Weg in den Wald. Wie es ihrem Freund wohl gehen würde? Jack, Layla, Tom und Kathrin wussten nicht, wie lange er es dort unten in dem Loch aushalten würde. Sie versuchten sich zu beeilen, sodass sie schließlich nach nur einer Stunde an der Stelle ankamen, an der sie Max das letzte Mal gesehen hatten. Und da war es auch schon. Das Loch in welches ihr Freund hineingefallen war. »Max wir sind da.« Layla ging in Richtung der Öffnung, doch sie bekam keine Antwort. Die Anderen blieben noch einige Meter entfernt. Als das junge Mädchen schließlich nach unten schaute, erstarrte sie für einen kurzen Augenblick. Sie konnte es nicht glauben. Max war nicht mehr da. Er war verschwunden. »Was ist los Layla? Wie geht es ihm?« Jack hatte sich neben seine Freundin gestellt und schaute ebenfalls an die Stelle, an der der junge Wirtschaftsstudent gelegen hatte. »Wie ist er da raus gekommen.« Er schlug die Hände über dem Kopf zusammen. Mittlerweile hatten Kathrin und Tom sich zu den zweien hinzugesellt, doch sie konnten im ersten Moment ihren Augen nicht trauen. Wie hatte er es nur geschafft, mit gebrochenem Bein aus diesem tiefen Loch heraus zu kommen. Max konnte dies nicht alleine getan haben. Das war unmöglich. »Wir müssen ihn suchen. Er muss hier irgendwo sein.« Kathrin lief voraus zwischen die Bäume und verschwand kurz darauf hinter einem kleinen Hügel, der nicht weit entfernt von den Freunden lag. Die anderen folgten ihr. Irgendwo musste er sein, falls er es doch irgendwie geschafft haben sollte. Erklären konnte es sich Jack jedoch nicht. Lange Zeit suchten sie nach Max, der wie vom Erdboden verschluckt worden zu sein schien. Immer wieder schauten sie zu allen Seiten, doch nirgendwo war auch nur eine Spur von ihm. Sie fingen an sich Sorgen zu machen. Nachdem sie das Gebiet rundum abgesucht hatten, beschlossen sie schließlich, dass es keinen Sinn mehr machen würde, weiter zu machen. Mittlerweile war es dunkel geworden und die Freunde taten sich schwer noch etwas zu erkennen. Sie mussten sich auf den Weg zurück machen, um nicht völlig die Orientierung zu verlieren. Der Mond stand oben am Himmel. Seine hellen Strahlen drangen durch die Baumkronen, die sich weit über ihnen erstreckten. Als Jack auf seine Armbanduhr schaute, war es gerade 20:30 Uhr. Sie hatten einen Großteil des Tages damit verbracht, nach Max zu suchen. Er wünschte sich, dass sie noch hätten weiter machen können, doch es war einfach zu dunkel dafür. Sie wussten nicht, welche Gefahren dort draußen auf sie lauerten. Es war das Beste vorerst zurückzugehen. Jack nahm seine Freundin an die Hand, während sie über den Trampelpfad liefen, den sie mittlerweile wieder erreicht hatten. Auch wenn es ihnen nicht gefiel, so mussten sie den Fremden fragen, ob dieser einen Rat für sie hatte. Vielleicht wusste er, was sie nun tun sollten. Die Freunde sputeten sich auf dem Weg zurück. Es wurde immer dunkler, da der Mond hinter einer dicken Wolkenfront verschwand. Die Bäume um sie herum streckten ihre Äste nach ihnen aus und schienen das einstrahlende Mondlicht zu verschlingen. Immer ruhiger wurde es um die Freunde. Die Vögel hatten aufgehört zu singen. Nur der Wind war noch da, der durch das untere Geäst fegte. Schließlich erreichten sie das Maisfeld, welches bei dieser Dunkelheit um einiges größer wirkte als am Tage. Nun hatten sie es nicht mehr weit, bis zu ihrem Ziel. Nur noch wenige hundert Meter trennten sie von dem Hof und schon von weitem konnten sie ihn dort stehen sehen. Der Fremde. Er starrte genau in die Richtung, aus der die Freunde kamen. Noch bevor sie auf dem Hof angekommen waren, drehte er sich um und lief geradewegs zu seiner Hütte. Dort angekommen schloss er die Türe hinter sich. Als Jack, Layla, Tom und Kathrin sich schließlich einen Weg durch das Maisfeld gebahnt hatten und nun auf dem Hof standen, gingen sie zu der Hütte des Mannes und klopften an. Nichts regte sich. Jack klopfte ein weiteres Mal, doch sie erhielten keine Antwort von drinnen. Nichts bewegte sich hinter der Türe, welche ihnen den Weg versperrte. Wieso ignorierte der Fremde die Freunde? Was hatten sie ihm denn getan? Schließlich wurde Tom wütend. Er hatte die ganze Zeit hinter Jack gestanden und trat nun näher an die Türe heran. Mit geballter Faust klopfte er gegen das alte Holz, welches unter seiner Kraft das Knacken begonnen hatte. Zu ihrer großen Verwunderung ging plötzlich nach nur wenigen Sekunden die Türe auf und der Fremde stand vor ihnen. Mit einer grimmigen Miene schaute er die Freunde an. Doch bevor der Mann auch nur etwas sagen konnte, meldete sich Jack schon zu Wort. »John, sie müssen uns helfen. Unser Freund ist in ein tiefes Loch gestürzt und hat sich ein Bein gebrochen. Jetzt ist er verschwunden. Sie müssen uns helfen. Wir glauben, dass er Hilfe braucht.« Der bärtige Mann betrachtete die Freunde weiter, ohne auch nur ein einziges Wort von sich zu geben. Was war los? Woran dachte er? Sekunden vergingen. Plötzlich trat der Fremde zur Seite und gab den Weg in seine Wohnung frei. Er bat die Vier hinein, als wäre nichts gewesen. »Kommt rein. Ich muss euch etwas erzählen.« Jack, Kathrin, Layla und Tom staunten nicht schlecht, als sie schließlich an ihm vorbeiliefen und dessen Wohnung betraten. Auf einmal war er wieder ein ganz anderer Mensch. Seine finstere Miene war verschwunden und er lächelte die Freunde an. Er setzt sich an den Essenstisch in der Mitte des Raumes. Der Tisch war gedeckt und es standen insgesamt 5 Teller da. Als hätte er gewusst, dass einer von ihnen fehlen würde. John wartete, bis sie sich gesetzt hatten und rückte schließlich mit der Sprache heraus. »Ich wollte es euch schon vorhin mitteilen, doch leider habe ich euch nirgendwo entdecken können. Ich kann euch sagen, wo euer Freund ist. Als ich heute durch die Wälder streifte, habe ich ihn in diesem Loch vorgefunden. Natürlich habe ich ihm direkt dort heraus geholfen, aber hier konnte ich ihn unmöglich versorgen. Ich habe ihn zur nächsten ärztlichen Station gebracht. Dort wird ihm geholfen. Ich kenne jemanden, der in der Nähe lebt. Wenn es eurem Freund wieder besser geht, dann wird er ihn hierher zurückbringen.« Erstaunt starrten ihn die anderen an. Damit hatten sie nun wirklich am wenigsten gerechnet.»Wo genau haben sie ihn denn hingebracht?« Jack schaute seinen gegenüber an und fragte sich, wieso er plötzlich so spontan in das nächste Dorf hatte fahren können. Wieso hatte er sie nicht schon vorher dorthin gebracht. Doch John schwieg, nahm einen Löffel seiner Suppe, die er vor sich stehen hatte und grinste.»Der nächste Ort ist ungefähr 1 Stunde von hier entfernt. Mit einem gebrochenen Bein, wie euer Freund es hatte, ist wirklich nicht zu spaßen. Und ich sage euch noch eines. Passt auf da draußen! Man weiß nie, wem oder was man über den Weg läuft. Haltet ihr euch an die Regeln, dann überlebt ihr dort draußen. Wenn ihr es nicht tut, seid ihr verloren.« Seine Miene war wieder finster geworden. Was meinte er damit? Welche Regeln? Jack konnte sich keinen Reim darauf bilden und es beunruhigte ihn ein wenig. Was meinte er nur damit? Kathrin war aufgestanden und ohne weiter etwas zu sagen, verließ sie die anderen. Die Türe schloss sie hinter sich, während Jack, Layla und Tom noch am Tisch mit John saßen. Sie hatten sich nicht vom Fleck bewegt.»So meine Lieben.« Er schlug mit seiner Hand ganz leicht auf den Tisch.»Es wird Zeit sich ins Bett zu begeben. Morgen früh würde ich euch bitten rechtzeitig aufzustehen. Ihr könnt mir etwas zur Hand gehen, dann ist das alles hier schneller erledigt.« Er schaute in die Runde. Als es keinen ersichtlichen Widerspruch gab, stand er auf und ging hinüber zu der heruntergelassenen Treppe, welche wohl in sein Schlafzimmer führte. »Ach und bevor ich's vergesse. Morgen wird es etwas ganz Besonderes zu Essen geben. Da könnt ihr euch drauf freuen.« Mit diesen Worten verabschiedete er sich von Jack, Layla und Tom, die noch immer mit offenen Mündern am Tisch saßen. Nachdem John am anderen Ende der kleinen Treppe angekommen war zog er diese nach oben und verschloss den Weg zu seinem Bette. Nun blieb ihnen nichts anderes übrig, als wieder zu ihren Schlafplätzen zu gehen und bis zum nächsten Tag zu warten. Für ihren Freund Max konnten sie in diesem Moment nichts mehr tun. Konnten sie John Glauben schenken? Hatte er ihn tatsächlich in das nächste Dorf gebracht? Sie hofften, sie würden ihn bald wieder sehen. Jack stand als erster auf und machte sich auf den Weg zu der alten Scheune. Gefolgt von Layla und Tom betraten alle drei das große Gebäude und schlossen das Scheunentor hinter sich, welches mit einem lauten Knallen ins Schloss fiel. Die Freunde schauten sich fragend an, wussten nicht so recht, was nun wahr war an der Geschichte des Fremden. Wie hatte er nur Max finden können? Dort kam man nicht zufälligerweise vorbei. Hatte John möglicherweise selbst dieses Loch ausgehoben? Doch warum hätte er das tun sollen. Es ergab alles keinen Sinn, was sich die Freunde in diesem Moment erdachten. Darum beschlossen sie, sich zuerst einmal etwas auszuruhen und den nächsten Tag abzuwarten. Vielleicht war dann auch wieder alles in Ordnung. Jack schaute noch einmal auf die Uhr. Mittlerweile hatte sie neun geschlagen und draußen war es stockdunkel. Der Wind pfiff wie schon die Nacht davor, durch die große alte Scheune und erzeugte so ein unheimliches pfeifen, welches den Freunden das Blut in den Adern gefrieren ließ. »Ich weiß ja nicht was ihr jetzt macht, aber ich glaube, ich werde jetzt noch etwas trinken.« Kathrin war aus einer der hintersten Ecken des riesigen Raumes an die anderen herangetreten. Sie nahm sich einen der Becher, welcher noch vom Abend zuvor auf dem Boden gestanden hatte und schenkte sich etwas ein. »Das ist doch nicht dein Ernst oder? Max ist irgendwo da draußen auf sich alleine gestellt und du willst dich hier jetzt weiter betrinken?« Layla schlug die Hände über dem Kopf zusammen. Sie konnte nicht verstehen, wie man nur so auf sich selbst fixiert sein konnte. Kathrin schien die Situation, in der sie aktuell steckten nicht zu interessieren. Sie trank genüsslich an ihrem Becher, der schon nach wenigen Sekunden geleert war. »Max geht es gut. Das hast du doch gehört! John hat ihn in das nächste Dorf gebracht, also hör auf dir weiter Sorgen zu machen!« Tom, der dem ganzen nur im Hintergrund folgte, entschied sich ebenso dazu, nicht weiter Trübsal zu blasen, sondern im hier und jetzt zu Leben. Schließlich setzte auch er sich zu Kathrin und genehmigte sich einen Becher, doch im Gegensatz zu dem jungen Mädchen genoss er sein Getränk und schlang es nicht hinunter. Jack überlegte einen kurzen Moment. Sollte er mit den anderen noch etwas vom Abend verbringen? Sich dem widersetzen, was seine Freundin von ihm verlangte? Er hatte keine Lust mit ihr zu diskutieren, wollte versuchen, die Zeit so gut wie es ging zu genießen. Wenn sie sich nur hineinsteigerten in die aktuelle Situation, dann würde dies das alles keineswegs besser machen.

Darum gesellte er sich zu Kathrin und Tom, die ihm einen Becher entgegen streckten. Max war selbst Schuld daran. Wäre er nicht so weit voraus gelaufen, dann hätten sie das ganze wohl noch abwenden können, doch nun war es so, dass er mit den Konsequenzen leben musste. Sie würden ihn schon wieder sehen. Nun lag er eben im Krankenhaus. Allein. Ohne seine Freunde. Die Einzige, die sich nicht mit dem Gedanken anfreunden konnte, war Layla. Sie lief zu ihrem Schlafsack und lies die anderen alleine. Sie wollte nicht weiter den Abend mit ihnen verbringen. Sie war sauer auf Jack. Als sie nach hinten ging, warf sie ihm noch einmal einen bösen Blick zu, doch er ignorierte sie. Jack hatte die Befürchtung, dass sie nun die nächsten Tage sauer auf ihn sein würde, doch es konnte nicht immer nach ihrem Willen laufen. So saßen sie noch mehrere Stunden da und tranken den restlichen Alkohol, welchen sie in der Scheune hatten. Danach legten sie sich hin und warteten auf den nächsten Tag. Draußen tobte erneut der Sturm.

Kapitel 7 - Böses Erwachen

Seine Augen öffneten sich. Was war passiert? Wo war er? Es war dunkel. In einer Ecke des Raumes erkannte er eine Kerze, deren Licht wild umher flackerte. Außer ihr gab es nichts, was seine Umgebung erhellte. Sein Bein schmerzte noch immer fürchterlich. Der junge Mann versucht aufzustehen, doch zu stark pochte die Wunde. Zu sehr, um davon zu laufen. Wo war er nur hineingeraten und wo war der Fremde, der ihn wohl hierher gebracht haben musste? Was hatte er mit ihm vor? Wieso war er hier? Fragen über Fragen. Sie schwirrten in seinem Kopf umher, doch Antworten konnte er keine finden. Es blieb ihm nichts anderes übrig, als abzuwarten. Seine Freunde würden nach ihm suchen. Sie würden ihn nicht im Stich lassen. Nur wenige Meter von sich entfernt konnte Max einen kleinen Lichtschein am Boden entdecken. Eine Tür? Doch wohin führte sie? Es war seine einzige Möglichkeit von hier zu entkommen. Was draußen auf ihn wartete, dass wusste er nicht. Doch was blieb ihm anderes übrig? Mit aller Kraft, die ihm noch übrig geblieben war, zog er sich am Boden entlang. Sein Bein schmerzte, doch er wollte nicht aufgeben. Plötzlich vernahm er Schritte von draußen. Sie kamen näher. War es John? Plötzlich verstummten sie wieder. Um ihn herum war alles still. Das Einzige was er noch hören konnte, war sein eigenes Atmen. Max wusste nicht, was er tun sollte. Panik breitete sich abermals in dem jungen Mann aus. Er wollte schreien, doch er brachte aus seinem Munde kein einziges Wort heraus. Seine Kraft hatte ihn verlassen. Wo befand er sich? War er noch auf dem alten Hof oder hatte ihn der Fremde an einen anderen Ort verschleppt? Die Schmerzen in seinem Bein breiteten sich aus und ließen es ihm immer wieder schwarz vor Augen werden. Max musste hier raus. So schnell wie es auch nur ging. Wenn er nicht bald Hilfe bekam, dann würde er sein Bein verlieren. Er fing an zu schreien, mit seiner letzten Kraft, doch seine Schreie prallten ab, an den kalten grauen Wänden, die ihn umgaben. Niemand vernahm seine Not. Niemand half ihm. Max fing an zu verstehen, dass die Lage in der steckte, aussichtslos war. Nachdem er den Weg zu der Türe unter anhaltendem Schmerz bewältigt hatte, versuchte er den Türgriff zu erreichen. Er setzte sich auf, griff nach oben, doch sie blieb verschlossen. Es gab keinen Ausweg. So blieb er sitzen, lauschte, doch vor der Türe regte sich nichts. Es schien, als wäre er abermals alleine. Was hatte John nur mit ihm vor? Plötzlich. Schritte. Sie kamen näher, bis die Person, welche draußen umher zu laufen schien, vor der Türe halt machte. Jemand stand auf der anderen Seite. Schweres Atmen. »John! Bitte lassen sie mich gehen! Was habe ich ihnen getan?« Tränen rannen ihm die Wange entlang. Die Schmerzen wurden von Minute zu Minute schlimmer. Die Verzweiflung, welche sich in ihm aufgebaut hatte, überwältigte ihn. Ein Klacken. Das Schloss der Türe war geöffnet. Langsam und unter einem lauten Knarren gab sie ihren Weg frei. Er wich zurück und als er nach oben blickte, schaute er ihm direkt in die Augen. Der Fremde musterte ihn von oben herab und brachte ihm ein schadenfrohes Grinsen entgegen. »Wo haben sie mich hingebracht? Was wollen sie von mir?« Der Fremde packte ihn bei den Armen und zog ihn an diesen hinter sich her, ohne auch nur ein einziges Wort an den Jungen zu richten. Dieser versuchte sich zu wehren, doch er hatte keine Kraft mehr. Der Weg führte ihn durch einen dunklen Flur, der nur mit ein paar Lampen, in deren inneren Kerzen flackerten, versehen war. Das Letzte was er sehen konnte, waren Ketten. In einem kleinen Raum in den er hineingezogen wurde hingen sie von der Decke. Er rechnete mit dem Schlimmsten. Schließlich fiel er in Ohnmacht. Was ihn erwarten würde, dass wusste er nicht.

Die Sonne prallte ihnen von oben auf ihre Köpfe, doch da sie John nicht verärgern wollten, taten sie, was ihnen aufgetragen wurde und halfen ihm seinen Garten zu pflegen. Am frühen Morgen war er zu ihnen gekommen, hatte sie aus ihren Schlafsäcken geworfen und darum gebeten im Garten das Gemüse zu ernten, welches er Wochen zuvor ausgesät hatte. Alles war voll damit. Auch wenn der Garten nicht groß schien, war er bis auf das letzte Stück bedeckt und es gab keinerlei freie Stelle. Blumenkohl, Kartoffeln, Tomaten, Paprika und noch andere Dinge standen hier Reihe an Reihe und gediehen prächtig. Es dauerte ungefähr zwei Stunden, bis die Freunde endlich fertig waren mit ihrer Arbeit. Die Körbe mit den geernteten Sachen stellten sie John vor die Hüttentüre, so wie er es ihnen aufgetragen hatte. Nachdem sie ihre Werkzeuge an die Holzwand angelehnt hatten, gingen sie zurück zu der Scheune, deren Tor noch immer offen stand. Sie hatten wohl vergessen dieses zu schließen. John war seitdem er die Freunde am Morgen in den Garten begleitet hatte nicht wieder aufgetaucht. Abermals war er wie vom Erdboden verschluckt worden und auch wenn Jack, Layla, Kathrin und Tom immer wieder nach ihm Ausschau gehalten hatten, so konnten sie ihn nirgendwo erblicken. Sie wussten nicht einmal, ob er sich noch auf dem Hof befand oder vielleicht einfach im Wald seine Runden drehte. Sie waren froh, als sie in der Scheune angekommen waren und schlossen hinter sich das Tor. Hier war es kühler als draußen in der prallen Sonne, denn obwohl es noch früh am Tag war, hatte es unglaubliche Temperaturen, die ihnen die Schweißperlen ins Gesicht trieben. Den ganzen Morgen, hatte Layla ihren Freund schon ignoriert und auch jetzt setzte sie sich nicht direkt neben ihn, sondern hielt Abstand. Sie hatten es sich auf dem kalten Scheunenboden gemütlich gemacht, um zu überlegen, wie es nun weitergehen sollte. Tom, der als letzter die Scheune betreten hatte, schmiss sich in einen Heuhaufen, der sich nur wenige Meter vom Eingang entfernt befand. Auch er war kein Freund der Hitze. Mit seinem Ärmel strich er sich den Schweiß aus seinem Gesicht. »Wieso muss es heute nur so verdammt warm sein.« Er setzte sich auf und ging wieder zu den anderen, wo er damit begann, sich einen Joint zu drehen.

Er nahm die Kette zur Hand. Sie hing von der Decke und hatte mittlerweile schon eine Menge Rost angesetzt. Noch immer lag der junge Mann bewusstlos auf dem Boden. Nun waren es insgesamt schon 3 Stunden, in denen er nicht wieder aus der Bewusstlosigkeit erwacht war. John wickelte ihm die Kette um seine Handgelenke. Als er beide Hände gefesselt hatte, führte er das Kettenende durch eine in der Decke hängende Stahlschlaufe und zog den sich nicht bewegenden Körper nach oben. Er befestigte sie an einem Wandhaken auf der anderen Seite des Raumes. Da hing er nun. Ungefähr dreißig Zentimeter über dem Boden. Seine Zeit war gekommen, sobald er wieder aufwachen würde. John ging hinüber zu dem alten Schrank der in der einen Ecke des Raumes stand. Dort bewahrte er seine Werkzeuge auf, die er auf seinem Hof benötigte. Das Schlachterbeil welches ihm schon Jahre und jahrzehntelang gute Dienste erwiesen hatte, legte er sich nach draußen auf den hölzernen Tisch, der direkt neben dem Schrank seinen Platz gefunden hatte. Manchmal wünschte er sich seine Familie zurück, die ihm auf brutalste Weise genommen wurde. Er hatte sie so sehr geliebt und in seinem Herzen würden sie auf ewig einen Platz für sich haben. Schon bald würde er zu ihnen kommen. Ihnen folgen, dorthin wo sie nun waren. Doch es gab noch einige Dinge, die er hier zu erledigen hatte. Er musste für Ordnung auf seinem Hofe sorgen. Niemand durfte die Ruhe stören, die er sich in den vergangenen Jahren in dieser Gegend aufgebaut hatte. Auch wenn seine Familie nicht mehr bei ihm war, so würden sie auf ewig ein Teil von ihm sein. Die Menschen mussten sich an Regeln halten. Doch das taten sie nicht. Er hatte die Partygänger gewarnt, doch alles was sie wollten, war ihren Alkohol zu trinken, Zigaretten zu rauchen und den Tag ohne auch nur den Hauch von Arbeit verstreichen zu lassen. Seine Tochter. Sie hätte so etwas nie getan. John starrte auf den vor sich hängenden Fleischsack, der noch immer nicht zu sich gekommen war. Immer mehr wurde ihm bewusst, weshalb er die Menschen, rundum seinen Hof hasste. Sie lebten, wie sie es wollten, fraßen Fast Food, lebten von einem Tag auf den anderen und Arbeit war eines der Dinge, die sie nicht für wichtig hielten. Sie machten sich ein einfaches Leben. Feiern war den meisten von ihnen wichtiger als alles andere und die Freundschaften, die sich mit der Zeit in der Gesellschaft bildeten bestanden nur zum Schein. Lange stand John einfach da und verlor sich in seinen Gedanken, aber er musste jetzt handeln. Er nahm sein Schlachtermesser, welches er wenige Stunden zuvor erst gesäubert hatte. John betrachtete die Klinge. Sie war wunderschön. Glatt. Scharf. Sie durchdrang jeden noch so starken Knochen. In den letzten Jahren hatte sie ihm immer gute Dienste erwiesen. Noch am Morgen zuvor war sie verschmutzt gewesen von der letzten Schlachtung, die er durchgeführt hatte. Irgendwo musste das Essen her kommen, welches er auf den Tisch brachte. Seine Frau hätte es besser gemacht, doch jetzt, wo sie nicht mehr da war, war es seine Aufgabe, sich darum zu kümmern. John hielt das Messer in der Hand, ging hinüber zu dem sich nicht bewegenden Fleischsack und zerriss dessen Hemd mit einem einzigen Schnitt. Ein leises Murmeln war zu hören. Langsam öffnete der Junge seine Augen und erlangte sein Bewusstsein wieder. Genau im richtigen Augenblick.   •

Was war geschehen? Wo war er? Max öffnete seine Augen und blickte auf den vor ihm stehenden Mann. Der Fremde hielt ein riesiges Messer in der Hand und grinste ihm hämisch ins Gesicht. Sein Hemd war ihm vom Leibe gerissen und er blickte auf seinen nun freien Oberkörper. Was sollte das? Was hatte er mit ihm vor? Max hob seinen Kopf und schaute nach oben. Erst jetzt bemerkte er, dass er gefesselt war und Panik machte sich in ihm breit. Er konnte sich nicht bewegen. Auch als er sich versuchte von seinen Fesseln zu befreien, die starken Schmerzen, die er immer noch in seinem Bein verspürte, raubten ihm die Kraft dazu, es noch länger zu versuchen. Max hatte furchtbare Angst. Tränen rannen ihm die Wange hinab, doch jedes Flehen und Betteln prallte von dem stämmigen vor ihm stehenden Mann ab. Er war dem Fremden hilflos ausgeliefert. Dies wurde ihm in diesem Augenblick klar.

John stand einfach nur da. Das Schlachtermesser fest im Griff betrachtete er den jungen Mann, der nun endlich wieder bei Sinnen war. Dieses Flehen und Betteln. Er konnte es nicht mehr hören. Was erhoffte er sich? Dachte der Fleischsack wirklich, es würde irgendeinen Sinn ergeben, jetzt noch aus dieser ganzen Sache heraus zu wollen. Das Licht im Raum flackerte einen kurzen Moment. John hatte kurz bevor er den jungen Mann hier hergebracht hatte, die Kerzen an den Wänden angebrannt. Sie gaben vielleicht nicht das beste Licht, doch es reichte aus, für den Moment. Er setzte einen Fuß vor den anderen und lief um den vor sich hängenden herum. Das Hemd welches dieser zuvor getragen hatte, lag zusammengeknüllt und in Fetzen auf dem Boden. Noch immer schrie dieser um Hilfe, doch niemand würde ihn hier unten hören. Zu dick waren die Wände. Seine Freunde konnten nichts für ihn tun. Johns Blicke wandten sich auf die Beine des jungen Mannes. Sie waren kräftig. Stämmig. Fett. Gut genährt. Wie es die Jugendlichen der heutigen Zeit nun einmal waren. John konnte sich ein Grinsen nicht verkneifen. Irgendwann so hoffte er, würden die Menschen verstehen, dass die Gesellschaft andere Wege gehen musste. Das Schlachtermesser in seinen Händen haltend, holte er zum Schlag aus und mit einem kräftigen Hieb traf er den Jungen über dem Oberschenkel. Das Messer durchdrang das Fleisch, als wäre es überhaupt nicht da und der Knochen zersprang unter der Wucht des Aufpralls. Ein weiterer Hieb trennte das Bein vom Rest des Körpers und es viel mit einem dumpfen Schlag zu Boden. Der Junge, der sich immer wieder hin und her wandte, schrie vor Schmerzen auf, doch dies interessierte John nicht, denn er hatte es sich selbst zuzuschreiben. Wer dort draußen im Walde nicht aufpasste, musste mit den Konsequenzen rechnen, die ihn ereilten. Er hatte es den Freunden gesagt. Dort draußen hatte man aufzupassen, denn niemand konnte erahnen, welches Schicksal einen selbst einholen könnte. John nahm das abgetrennte Bein, welches blutüberströmt auf dem Boden lag. Mittlerweile hatte sich unter dem jungen Mann eine große Blutlache gebildet, denn aus seiner Wunde tropfte das Blut stetig weiter. Der Bärtige legte es in die Kiste, welche er sich neben den Tisch gestellt hatte. Der Junge schrie vor Schmerzen, doch sein Flehen und Betteln half nichts, denn schon holte John erneut zum Schlag aus. Er durchtrennte auch den Knochen des anderen

Beines, welches schließlich ebenso zu Boden fiel. Der junge Mann flehte um Hilfe. Um Erbarmen, doch John schenkte ihm keinerlei Beachtung. Er ging hinüber zu dem Schrank, in welchem seine restlichen Werkzeuge hingen. Nun wollte er das ganze beenden. »Bitte lassen sie mich gehen.« Seine letzten Worte hallten durch den Raum. Zu viel Blut hatte der Junge verloren. Immer wieder verdrehte er die Augen. Das Ende war nah. John nahm das Stechmesser aus dem Schrank und ging wieder zu ihm. Er setzte an der Brust des Jungen an, stach mit voller Kraft hinein und riss das Messer nach unten. Blut schoss aus seinem Körper. Mit seinen kräftigen Händen griff der Farmer in die Blutende Wunde. Tiefer und tiefer bis er das Herz des jungen Mannes in ihnen hielt. Mit einem kräftigen Ruck trennte er es vom Rest des Körpers. Noch für einen kurzen Moment schlug es langsam vor sich hin, bis es verstummte. Völlige Stille war eingetreten und jegliches Leben dem Körper entwichen.

Noch immer saßen die vier Freunde in der Scheune. Nach draußen wollten sie vorerst nicht, denn es war zu warm für sie, um stundenlang in der Gegend herum zu irren. Lieber wollten sie die Zeit zusammen bei ein paar Spielen genießen. Draußen im Wald war es zu unsicher für die Freunde, da waren sie sich mittlerweile einig, denn nur eine Unachtsamkeit konnte das Schlimmste bedeuten. Sie hofften, dass Max sich schnell von seinen Verletzungen erholen würde, sodass er schnellstmöglich wieder bei ihnen war. Auf dem Hofe waren sie sicher, so dachten sie alle. Wann John wohl wieder zurückkehren würde? Jack wollte sich die Beine etwas vertreten. Als er nach draußen ging, schauten die anderen ihm noch einmal hinterher. Als Jack das Tor hinter sich geschlossen hatte und über das Feld blickte, betrachtete er abermals die kleine Hütte. Das Geheimnis um diese und was sich darin befand, machte ihn zwar stutzig, doch er wollte es nicht riskieren von dem Fremden erwischt zu werden. Wie er darauf wohl reagieren würde? Auch wenn es ihn nichts anging, die mysteriöse Art des Fremden, der sich ihnen mit dem Namen John vorgestellt hatte, machte ihn von Stunde zu Stunde misstrauischer gegenüber diesem. Was ihn aber am meisten wunderte, war die Ruhe, die auf dem gesamten Hofe herrschte. Bislang hatten die Freunde noch kein einziges Mal die Schweine oder die Rinder hören können, welche laut John dort lebten. Auch gesehen hatten sie keines von den Tieren. Die Frage, die sich ihm stellte, war, was sich wirklich in diesen großen Ställen befand. Was auch immer es war, Jack wollte es herausfinden. Der junge Mann zweifelte an dem Farmer. Selbst wenn er seinem Freund geholfen haben wollte, wie er es gesagt hatte, Beweise dafür, dass dies wirklich so war, hatten sie nicht. Sie mussten sich auf die Worte des bärtigen Mannes verlassen. Sie wollten hier nie landen. Wer konnte damit rechnen, dass der geplante Urlaub ein solches Ende finden würde? Jack lief auf dem Hof umher. Die Sonne prallte von oben herab auf seinen Kopf. Es war unerträglich warm an diesem Tag und lange würde der junge Mann es draußen bei diesem Wetter nicht aushalten. Die Luft war so trocken, dass es schwer fiel zu atmen. Noch einmal wollte er um die Ställe herumlaufen, bevor er dann wieder zu den anderen gehen würde. Schließlich stand er vor einem dieser. Er versuchte durch die Schlitze in der Holzfassade etwas zu erkennen, doch darinnen war es zu dunkel. Auch Tiergeräusche waren von der anderen Seite nicht zu vernehmen. Als er das große Gebäude schließlich komplett umrundet hatte wurde ihm klar, dass es keine Einstiegsmöglichkeiten gab. Auch der Versuch durch die Fenster zu blicken scheiterte, denn sie bestanden aus undurchsichtigem Glas, wodurch sie keinerlei Einsicht gewährten. Immer wieder blickte sich Jack um, ob er vielleicht irgendwo den Fremden entdecken konnte, doch bislang regte sich nichts. Wo hielt er sich nur auf? Jack entschloss sich, zurück zu seinen Freunden zu gehen. Sie warteten bestimmt schon auf seine Rückkehr.

»Wo warst du Jack?« Layla stand mit verschränkten Armen vor ihm. Sie schien wütend zu sein, doch Jack ließ sich dadurch nicht verunsichern. »Ich habe mich draußen nur ein wenig umgeschaut, aber ich hab nicht wirklich etwas entdecken können. John ist auch nirgendwo zu sehen.« Ohne weiter auf das junge Mädchen einzugehen, setzte er sich schließlich zu den anderen, welche das Schauspiel beobachtet hatten. Tom konnte sich ein Grinsen nicht verkneifen, sagte jedoch nichts. Nachdem auch Layla sich nach kurzem Zögern auf den Boden gesetzt hatte saßen sie alle wieder beisammen. Die Zeit verging nur langsam. Die Vögel sangen. Ab und an konnten die Freunde ein Vogelpaar beobachten, welches sich unter dem Dach auf dem Holzbalken ein Nest gebaut hatte. »Leute ich gehe mal kurz an den Wagen.

Unsere Getränke werden langsam leer.« Tom stand auf und lief in Richtung des Scheunentores. Jack folgte ihm. Als sie an dem Jeep angekommen waren, betrachteten sie die Reste, welche sie im Kofferraum noch mit sich führten. Noch zwei Kisten Cola waren ihnen übrig geblieben. Tom klemmte sich einen Kasten unter die Arme und gemeinsam liefen sie wieder zurück zu den anderen. Als der Dauerkiffer und Jack durch das Tor traten, nahm Kathrin sich eine Flasche und setzte sich zu Layla. Das junge Mädchen bemerkte, dass ihr Make-up, welches sie am Morgen aufgetragen hatte, verwischt war. Schnell nahm sie ein Tuch aus ihrer Hosentasche und versuchte, den Schaden so gut es nur ging zu beheben. Jack schüttelte den Kopf. Mädchen. Sie musste man nicht verstehen. Nachdem sich auch alle anderen ein Getränk genommen hatten, kam Layla der Gedanke, dass sie sich mit Spielen die Zeit vertreiben konnten. Mehrere Minuten überlegten sie und kamen schließlich zu dem Entschluss, dass es Wahrheit oder Pflicht sein würde. Ein Spiel, welches sie schon früher, als sie noch normal zur Schule gegangen waren, immer wieder gespielt hatten. Tom nahm eine leere Bierflasche zur Hand, welche neben ihm lag und positionierte sie in der Mitte der Freunde. Jack mochte dieses Spiel nicht, doch wollte er kein Spielverderber sein. So fügte er sich der Entscheidung der anderen. Als Tom die Flasche gedreht hatte, hoffte Jack, nicht der Erste zu sein, auf den die Wahl fallen würde und er hatte Glück. Sie zeigte auf Kathrin, welche die Hände über dem Kopf zusammen schlug. »Oh nein. Wieso ich? Ich hab bei diesem Spiel einfach wirklich nie Glück.« Sie fing an zu lachen, nahm einen

Schluck ihrer Cola und sagte schließlich mit einem Grinsen im Gesicht. »Na dann gehen wir mal auf volles Risiko. Ich nehme Pflicht.« Sie wusste ganz genau, dass dabei nichts Richtiges rauskommen würde, denn schon im nächsten Augenblick kam Toms Aufforderung. »Lasst mich überlegen. Ich denke wir machen es zu Beginn etwas einfach. Gib Layla einen Kuss auf die Lippen.« Jack fasste sich mit der Hand ins Gesicht. So etwas konnte wirklich nur von seinem Kumpel kommen. Was hätte es auch anderes sein können. Kathrin lachte. »Das war ja mal sowas von klar, dass so etwas von dir kommen musste. Du hättest dir ruhig mal etwas Besseres einfallen lassen können. Was soll daran jetzt schlimm sein.« Sie stand auf, ging hinüber zu Layla und küsste sie sanft auf ihre Lippen. Tom grinste, als er das Spektakel beobachtete. Jack, der seinen Freund die ganze Zeit nicht aus dem Auge gelassen hatte, nahm eine Zigarettenschachtel, die direkt neben ihm lag und warf sie diesem ins Gesicht. »Was gaffst du meine Freundin so an?« Doch Tom wusste, wie sein Freund dies meinte. Die Freundin des Kumpels war strikt ein Tabuthema. Das war schon immer so und würde auch so bleiben. Nun war Kathrin an der Reihe. Sie drehte die Flasche und sie alle waren gespannt darauf, wie das Rad des Schicksals wohl diesmal entscheiden würde. Plötzlich, wie aus heiterem Himmel ging das große Scheunentor hinter den Freunden auf und dort stand er. John. Mit blutverschmierter Schürze stand er da und blickte zu den vieren. In seiner rechten Hand hielt er ein langes Messer, mit dem er herum fuchtelte. Die vier Freunde saßen einfach nur da, mit offenen Mündern sahen sie zu ihm und wussten nicht, was vor sich ging. Schließlich ergriff John das Wort. »Tut mir leid, wenn ich euch erschreckt habe. Ich hab gerade ein Schwein schlachten müssen. Ich hätte euch vorwarnen sollen, dass ich so auftauchen könnte. Das ist hier ganz normal, solltet ihr wissen. Ich bin Besuch nicht mehr gewohnt.« Die Freunde atmeten auf. Sie hatten schon mit dem Schlimmsten gerechnet. Sie konnten sich ein Lachen nicht verkneifen. Sie hatten wohl schon zu viele Horrorfilme geschaut. »In einer Stunde ist das Essen fertig, dieses Mal früher als sonst, da ich heute Abend noch einiges zu erledigen habe, dann könnt ihr rüber kommen. Ich werde mich jetzt zuerst einmal umziehen. Die Sau hat ziemlich geblutet. War ziemlich gut genährt das Vieh« Beim Schließen der Scheune schaute er die Freunde noch einmal an. In seinen Augen blitzte etwas auf. Jack konnte nicht sagen, was es war, doch ein kalter Schauer lief ihm den Rücken hinunter. Nachdem die Schritte des Mannes in der Ferne verstummt waren, schauten die Freunde einander an. »Vielleicht lassen wir das erst einmal mit dem Spiel. Mir ist die Lust vergangen.« Kathrin ging hinter zu ihrem Schlafsack und setzte sich auf das Stroh, auf welchem dieser ausgebreitet war. Der Anblick des Blutes hatte sie sichtlich mitgenommen, denn sie versuchte, den Brechreiz zu unterdrücken und hielt sich die Hände vor ihren Mund. »Mir ist schlecht.« schrie sie zu den anderen hinüber. Auch Jack hatte mit allem gerechnet, nur nicht mit einem solchen Anblick. Layla saß da und blickte ihren Freund an. »Jack. Dieser John macht mir wirklich Angst. Wir sollten schauen, dass wir zu Max kommen und hier dann so schnell wie möglich verschwinden« Jack gab ihr Recht. Sie mussten schauen, dass sie so schnell es nur möglich war, von diesem Hof verschwanden. Etwas stimmte hier nicht und von Minute zu Minute in der er darüber nachdachte, verstärkte sich dieser Gedanke. Jack dachte darüber nach wie es damals bei seinen Großeltern gewesen war. Die Gerüche und die Geräusche auf deren Bauernhof. All das war hier anders. Auf Johns Farm hörte man keine Tiere. Man konnte auch keinen Geruch ausmachen, der an Schweine oder Rinder erinnerte. Wo waren die Tiere? Woher erhielt Jack sein Fleisch. Was zur Hölle hatte er geschlachtet? Noch eine ganze dreiviertel Stunde mussten die Freunde warten, bis es Essen geben würde. Was hatte John am Abend zuvor noch gesagt? Es gäbe etwas ganz besonderes? Jack war gespannt darauf, was dies sein würde, denn unter magengrummeln erinnerte er sich an die letzte Mahlzeit, die sie am Tische zu sich nehmen durften. Schließlich gingen sie nach draußen auf den Hof um dort die restliche Zeit zu verbringen. Draußen war es unerträglich warm und die Freunde mussten schauen, wie sie dem entgegenwirkten. Tom, Layla, Jack und Kathrin standen auf dem Hof und schauten sich um. Ein strenger Geruch kam von der Hütte des Fremden herüber. Direkt war den Freunden klar, mit was sie zu rechnen hatten. Sie hatten keinerlei Ansprüche an das Essen, doch weshalb musste es diese schreckliche Suppe sein. Mit diesen seltsam riechenden Fleischstücken, die aussahen, als hätten sie schon mehrere Wochen irgendwo herum gelegen. Doch vielleicht wäre es dieses mal anders. Schließlich hatte er ihnen eine Überraschung versprochen. Die vier gingen hinüber zu der Hütte des Farmers und machten es sich unter der Überdachung gemütlich. Sie spendete Schatten. Die Wärme war so etwas erträglicher. Jeder Windstoß, der den Freunden an diesem Tage durchs Gesicht blies, war etwas Schönes. Es war ein wunderbares Gefühl. Noch eine weitere halbe Stunde standen sie da. Von drinnen hörten sie den Fremden, wie er etwas vor sich hin summte. Immer wieder begann er von neuem, diese unheimliche und auch traurige Melodie zu summen. Endlich war es soweit. John streckte den Kopf aus der Türe heraus und teilte ihnen mit, dass das Essen fertig sei. Jack, Layla, Tom und Kathrin folgten dem Bärtigen. Dort standen die fünf Teller auf dem hölzernen Tisch und in ihnen, wie Jack es schon vermutet hatte, eine dunkle Brühe mit kleinen Fleischeinlagen, die aussahen, als wären sie schon einmal verdaut und wieder ausgespuckt worden. Sie setzten sich und blickten auf das Gekochte vor ihnen. Sie aßen drauf los, obwohl ihnen der Geruch die Tränen in die Augen trieb. Sie wollten den Fremden auf keinen Fall verärgern. Als Kathrin nur noch wenige Löffel vor sich hatte, hielt sie sich die Hand vor den Mund, schmiss den Stuhl unter sich fort und rannte schließlich aus dem Raum. Auf dem Weg fiel sie beinahe über den dort am Boden liegenden Teppich. Draußen angekommen, beugte sie sich über das Geländer und erbrach sich in das darunter liegende Gebüsch. John blickte ihr mit einem ernsten Blick hinterher. Er schüttelte mit dem Kopf. »Jetzt habe ich extra für euch euer Essen gekocht und dann so etwas?« John hatte sich hinter das Mädchen gestellt. »Na, hat es so scheiße geschmeckt?« Der Ton in Johns

Stimme war strenger geworden. Jack ließ sich seine Übelkeit nicht anmerken, als der Bärtige wieder zum Tisch zurückgegangen war. Niemand sagte etwas. Der Fremde lief hinüber zum Kamin und setzte sich auf seinen Platz. Er murmelte irgendetwas vor sich hin, doch was es war, konnte niemand von ihnen verstehen. Die Freunde ließen sich nichts anmerken, aßen ihre Suppe fertig, auch wenn es ihnen schwer fiel. Danach stellten sie die Teller zurück in die Küchennische und verließen langsam den Raum. Als sie die Türe hinter sich geschlossen hatten, atmeten sie leise auf. Es war genauso schlimm, wie sie es sich vorgestellt hatten.

Kapitel 8 - Die Letzte Mahlzeit

Jack, Layla, Tom und Kathrin hatten sich wieder in ihre Schlafsäcke begeben. In ihren Mägen drehte sich immer noch alles wild umher. Kathrin ging es am schlechtesten von allen, denn in den letzten zwei Stunden hatte sie mehrmals nach draußen rennen müssen, um sich zu übergeben. Am nächsten Tag würden sie sich etwas Normales zu essen zubereiten. Das hatten sie sich versprochen. Sie hielten es nicht mehr aus. Sie konnten nicht ewig mit dieser Suppe auskommen, die John ihnen vorwarf. Kathrin wälzte sich hin und her. Immer wieder von der einen auf die andere Seite. Schließlich stand sie auf und ging abermals nach draußen. Jack schaute ihr nur hinterher, als er durch ihr lautes Keuchen aufgeweckt wurde. Dann legte er sich wieder schlafen. Sie würde schon ohne ihn klar kommen. Kathrin konnte nicht länger liegen bleiben. Die Bauchschmerzen, welche sie verspürte, wurden mit jeder Sekunde, in der sie so dalag und nachdachte, schlimmer. Es war nicht die beste Idee um eine solche Uhrzeit nach draußen zu gehen, doch was blieb ihr anderes übrig? Sie brauchte etwas frische Luft, musste ein paar Runden laufen. Nachdem sie das große Scheunentor hinter sich geschlossen hatte, blickte sie sich auf dem großen Hof um, der in das Mondlicht getaucht unheimlich auf sie wirkte. Um sie herum war alles still. Nur ein sanfter Wind wehte über die angrenzenden Felder. Der Mond warf sein helles Licht von oben hinab und erhellte alles vor ihr liegende. Während sie auf dem Hofe umherlief, verschwanden allmählich die Schmerzen in ihrem Bauch, doch ein flaues Gefühl in ihrem Magen blieb. Sie wusste nicht, wie spät es war, doch es musste schon weit nach Mitternacht sein. Aus weiter Ferne hörte sie Geheule wie das eines Wolfes. Die Tiere würden nicht bis auf den Hof kommen, so glaubte sie, doch als es auf dem Feld neben ihr anfing zu rascheln, bekam sie es mit der Angst zu tun. Als sie gerade dabei war, sich wieder auf den Rückweg zu machen, hörte sie, kurz bevor sie die alte Scheune erreicht hatte, ein poltern aus etwas weiterer Entfernung. Was war das? Sie wusste nicht warum sie das tat, doch sie lief langsam auf den Ursprung des Geräusches zu. Kathrin wollte wissen woher es kam, denn die Neugierde besiegte die Angst. Immer wieder rumpelte es und ihr kam es so vor, als würde es aus der Nähe von Johns Hütte kommen. Sicher war sich das junge Mädchen jedoch nicht. Plötzlich. Wieder alles still. Kathrin war an John's Hütte angekommen. Die Lichter im Inneren des Hauses waren erloschen. Aus dem Schornstein der Hütte kam noch etwas Rauch, doch auch dieser fing an sich zu lichten. Als das junge Mädchen in Richtung der Ställe schaute konnte sie etwas Seltsames erkennen. Eines der Tor schien offen zu sein. Wie konnte das sein? Die letzten Tage und Nächte waren die Tore, immer wenn die Freunde geschaut hatten, geschlossen gewesen. Sollte sie es wagen und nachschauen, was im Inneren vor sich ging? Kathrin nahm ihren ganzen Mut zusammen, die Neugier gewann den Kampf. Schon machte sie sich auf den Weg zu dem großen Gebäude. Von weitem war es schwer etwas zu erkennen. Als sie näher kam polterte es ein weiteres Mal und dieses war dem jungen Mädchen klar, dass es aus dem großen

Stall kommen musste. Schritt für Schritt kam sie diesem näher. War es John, der dort drinnen noch etwas unternahm? Nein, was sollte er zu solch später Stunde in den Ställen der Tiere tun? Kathrin überlegte, ob sie vielleicht nicht einen der anderen Wecken sollte, doch entschied sich dann um. Sollten sie noch etwas schlafen. Die Übelkeit welche sie zuvor noch verspürt hatte, war auf einmal verschwunden. Kathrin wollte wissen, was auf dieser Farm vor sich ging und nun bot sich ihr möglicherweise der Moment, dem auf den Grund zu gehen. Dies wollte sie sich keinesfalls entgehen lassen. Mit langsamen Schritten bewegte sie sich auf das große offene Tor zu, welches nun nur noch wenige Meter von ihr entfernt war, doch drinnen konnte sie von hier aus nichts erkennen. Es war zu dunkel und auch der Mondschein, der von draußen in die großen Ställe sein Licht warf, konnte dies wenig ändern. Als sie nun direkt vor den Ställen **stand blickte** sie hinein, aber der Schein der Petroleumlampen, welche an den Schweinepferchen hingen, war zu schwach, um ihr genügend Sicht zu gewähren. Wer hatte sie nur angemacht? John musste hier irgendwo sein. Dort. Am Ende des Raumes sah sie etwas. Was es war konnte sie nicht erkennen, darum lief sie weiter in dessen Richtung. Ein leises Knacken hinter sich ließ sie für einen kurzen Moment aufschrecken. Kathrin schaute sich um, doch da war nichts. Sie ging weiter in die große Halle hinein. Näher und näher kam sie dem unbekannten Objekt welches dort im Dunkeln stand. Das Licht der Petroleumlampen flackerte. Immer wieder hörte das junge Mädchen hinter sich etwas, doch sie ließ sich nicht davon abhalten nachzusehen was es war, was vor ihr lag. Ihr Blick schweifte von links nach rechts, doch da war nichts. Keine Schweine und nichts anderes. Wie konnte das sein? Was tat der Fremde hier, wenn er sich nicht um seine Tiere kümmerte? Weshalb hatte er sie angelogen bezüglich dieser? Was verheimlichte er vor ihnen? Die Pferche waren vollkommen leer. Nichts. Wie es schien, war dies auch schon seit Längerem so, denn der Boden dort war völlig sauber und ohne auch nur einen einzigen Halm Stroh. Nirgendwo. Doch irgendwo mussten die Tiere doch sein. Woher bekam er ansonsten das Fleisch, welches er ihnen auf den Tisch stellte, wenn er wie er selber **sagte nur selten in das Dorf ging.** Als Kathrin weiterging, konnte sie langsam erkennen, was sich vor ihr befand. **Ein großer Häcksler welcher in der Mitte des Weges stand und schon die besten Zeiten hinter sich hatte, ließ das junge Mädchen für einen kurzen Moment stutzig werden.** Was hatte dieser hier zu suchen. In einem Schweinestall? Sie schaute sich um. Die Lichter der Lampen flackerten. Es war ruhig. Nur draußen wehte ein leiser Wind, ansonsten war alles still. Als Kathrin den Häcksler und dessen Umgebung näher betrachtete, starrte sie schließlich auf den darunter liegenden Boden, der mit einer seltsamen Flüssigkeit bedeckt war. Was konnte das nur sein? Blut? Was zur Hölle hatte Blut hier zu suchen? In Gedanken und Angst verloren vernahm sie plötzlich Schritte die irgendwo hinter ihr zu seien schienen, doch als sie zum Eingangstor blickte, konnte sie niemanden sehen. Noch immer war sie alleine. Ein kräftiger Windstoß ließ sie zusammenzucken. Das riesige Tor der Stallung war mit einem lauten Knall zugefallen. Nun stand Kathrin da. Blickte zurück und wollte so schnell wie es nur ging wieder in ihren Schlafsack. Der Wind pfiff durch das alte Gebäude und ihr wurde kalt. Etwas stimmte nicht. Sie lief los. Ihr **wurde mit jedem Schritt den sie vor den anderen setzte** flauer im Magen. Nur noch wenige Meter, dann hatte sie das Tor erreicht. Plötzlich, als sie nur noch wenige Schritte von dem Ausgang trennten, vernahm sie etwas neben sich. Eine große kräftige Gestalt. Wer es war, konnte sie im ersten Moment nicht erkennen, doch als sie aus dem Schatten hervorgetreten war, erschrak das junge Mädchen. Es war John, der mit einem Holzblock in der Hand vor ihr stand. Zögernd und mit stotternder Stimme sprach sie zu ihm. »Hallo John. Es tut mir leid, dass ich hier rumgeschnüffelt habe. Ich wollte das nicht.« Der kräftige bärtige Mann hatte sich direkt vor das Mädchen gestellt. Versperrte ihr nun den Weg nach draußen. »Ich möchte wieder zu meinen Freunden. Es tut mir leid.« Kathrin bekam es mit der Angst zu tun, denn John antwortete nicht, sondern stand einfach nur da, betrachtete das junge Mädchen und grinste hämisch. Was war mit ihm? Was wollte er von ihr? »Du kommst hier nicht weg.« John fing an zu lachen. Er griff fester nach dem Holzblock in seiner Hand. Das junge Mädchen stand noch immer wie angewurzelt da. Sie wusste nicht, was sie tun sollte. Sie wollte doch einfach nur zu ihren Freunden. Zurück in ihren Schlafsack und schlafen und all das Vergessen was sie gesehen hatte. »Bitte John. Lass mich einfach zu meinen Freunden gehen. Ich habe hier nichts gesehen. Ich werde den anderen auch nichts erzählen.« Johns lachen war verstummt. Er sagte nichts mehr. Schaute sie nur noch an. Schließlich holte er mit seinem rechten Arm aus in dem er den Holzblock hielt und noch bevor Kathrin schreien konnte, schlug er ihr diesen gegen den Schädel. Mit einem lauten Knall fiel sie zu Boden. Sie regte sich nicht mehr.

Nach langer Zeit erwachte Kathrin aus ihrer Bewusstlosigkeit. Ihr Kopf tat weh, doch dies war in diesem Augenblick ihr geringstes Problem, denn als sie sich umschaute, sah sie im schwachen Licht, dass sie sich in einem kleinen Raum befand, dessen Wände vollständig aus Beton zu sein schienen. Fenster gab es keine. Der Boden war übersät mit dunklen Flecken. Dies konnte sie im schwachen Licht erkennen, welches eine Petroleumlampe in der Ecke des Raumes von sich gab. Wo hatte John sie nur hingebracht? Das letzte an das sie sich noch erinnern konnte war, dass er vor ihr gestanden und sie kurz darauf niedergeschlagen hatte. Nun saß sie hier. Ihre Beine und Hände waren an den Stuhl gefesselt. Wo war sie hier nur hineingeraten. Ihr Kopf schmerzte. Sie hatte Angst. Wollte einfach nur weg von hier, doch die Fesseln an ihren Händen und Beinen waren einfach zu fest. Sie versuchte, den Stuhl auf dem sie saß umzuwerfen aber es funktionierte nicht, denn Schrauben, welche den Stuhl am Boden festhielten, machten es ihr unmöglich diesen auch nur einen einzigen Millimeter zu bewegen. Wieso tat John ihr so etwas an. John, dem sie vertraut hatten. Hätten sie bloß auf ihr Bauchgefühl gehört und wären einfach zu Fuß in das nächste Dorf gelaufen. Dann wäre es erst gar nicht so weit gekommen. Was hatte er mit ihr vor? Was wollte er von ihr? Kathrin schrie um Hilfe, doch niemand konnte sie hören. Zu dick waren die Wände um sie herum. Direkt vor ihr nur wenige Meter entfernt versperrte eine metallene Tür den Weg nach draußen. Panik durchfuhr ihren Körper. Sie fing an zu weinen. Sie wünschte sich, ihre Freunde wären jetzt hier und würden ihr helfen, doch sie wusste, dass dies nicht passieren würde. Sie war ihm vollkommen ausgeliefert. Plötzlich öffnete sich mit einem quietschenden Geräusch die Tür. Sie erblickte ihn. Es war John.

Jack erwachte. Er fühlte sich schlapp an diesem Morgen, denn er hatte nicht sonderlich gut geschlafen. Wie es den anderen wohl ergangen war? Der junge Mann machte sich auf den Weg nach draußen. Er wollte an die frische Luft. Vor dem Tore angekommen zündete er sich schließlich eine Zigarette an und setzte sich auf den Boden. Alles war still auf dem Hof. Keine Schweine. Keine Rinder. Nichts. Alleine das Rauschen des Windes war zu hören, wie er über die Felder fegte. Die Sonne war schon lange Zeit aufgegangen und ließ ihre hellen Strahlen auf die Erde herabsinken. Jack schaute sich um. Nichts regte sich auf dem Hofe. Auch von John war abermals nichts zu sehen. Jacks Freunde lagen noch immer in ihren Schlafsäcken, als er die Scheune wieder betreten hatte. Er blickte auf seine Armbanduhr. Es war neun Uhr. Ihn überkam das Gefühl, dass etwas anders war und nicht stimmte. Er wusste nicht wieso er so dachte, doch etwas hatte sich im Gegensatz zu den vorangegangenen Tagen verändert. Sollte er seine Freunde aufwecken? Sie alle benötigten ihren Schlaf. Eigentlich auch er, doch das Schlafen viel ihm die letzten Tage nicht ganz so leicht wie er es sich erhofft hatte. Immer wieder wurde er in der Nacht wach und dachte über alles nach, was ihnen widerfahren war. Konnte es Zufall sein, dass sie John dort draußen mitten im nirgendwo trafen? Dass ihr Reifen genau an diesem Ort platzte? Das Ganze hatte schon einen seltsamen Beigeschmack. Entweder hatten sie das Pech für sich gepachtet oder etwas anderes steckte hinter dieser ganzen Sache. Als seine Armbanduhr zehn Uhr zeigte, beschloss er schließlich, dass es an der Zeit war, die anderen zu wecken. Jack ging hinüber zu dem Schlafplatz seiner Freundin. Noch immer lag sie genauso da, wie sie gelegen hatte, als er nach draußen gegangen war. Mit einem sanften Kuss auf ihre Stirn weckte er sie aus ihrem tiefen Schlaf und hoffte dabei, dass sie ihm nicht mehr böse war.»Hey mein Schatz. Zeit aufzustehen!« Als sie ihre Augen geöffnet hatte, nahm sie Jack in den Arm und küsste ihn zärtlich auf die Lippen. Zusammen lief er mit ihr zu den anderen. Tom saß schon auf seinem Schlafsack und blickte starr nach vorne. Man sah ihm an, dass es ihm etwas an Schlaf mangelte und er sich wohl am liebsten noch etwas hinlegen würde. Jack schlug ihm auf die Schulter.»Na schon wach?« Tom antwortete ihm nicht, sondern stand auf, zündete sich eine Zigarette an und lief in Richtung des Scheunentores. Schließlich, als er kurz davor war, die Scheune zu verlassen, drehte er sich noch einmal zu den ihnen um.»Wo habt ihr eigentlich Kathrin gelassen.« Tom deutete auf den Schlafsack, der neben ihm gelegen hatte.

Verdutzt schauten Jack und Layla dessen leere Hülle an. Ihre Freundin war nicht mehr darinnen. Wo war das junge Mädchen, dass sich den Abend zuvor noch die Seele aus dem Leib erbrochen hatte. Jack schaute in Richtung des Scheunentores und ging mit Layla darauf zu. »Ich war die ganze letzte Stunde draußen vor der Scheune. Dort habe ich Kathrin nirgendwo gesehen. Das wäre mir aufgefallen, wenn sie an mir vorbeigegangen wäre.« Er rieb sich den Kopf. Wieso sollte Kathrin alleine nach draußen gehen? Machte sie einen Spaziergang? Plötzlich erinnerte sich der junge Mann daran, dass er sie hatte nach draußen laufen sehen. Jack hatte es beinahe vergessen, da er zu diesem Zeitpunkt nur ganz kurz wach gewesen war. Es war ihm völlig entfallen. Nachdem er seinen Freunden davon erzählt hatte, dass er sie zuletzt nach draußen hatte gehen sehen, beschlossen sie, dort als Erstes nach zu schauen. Irgendwo würde sie schon aufzufinden sein. Da waren sie sich sicher. Sie konnte sich ja nicht einfach in Luft auflösen. So liefen Jack, Layla und Tom über den kompletten Hof und suchten nach ihr, doch selbst nach einer halben Stunde in der sie das junge Mädchen in jeder möglichen Ecke gesucht hatte, gab es noch keinerlei Anzeichen dafür, wo sie hätte sein können. Mittlerweile hatte die Uhr elf geschlagen und die Freunde hatten Kathrin noch nicht ausfindig machen können. »Vielleicht ist sie auch einfach in den Wald gegangen und macht dort einen Spaziergang oder so.« Tom blickte fragend hinüber zu den Bäumen, deren Kronen sich im Winde hin und her bewegten. Jack setzte sich auf den warmen Boden. »Nein denke ich nicht.

Sie weiß ganz genau, dass man hier vorsichtig sein muss. Man kann hier nie wissen, wo das nächste Loch ist, in das man hineinfallen könnte und außerdem gibt es hier draußen auch Tiere, um die man lieber einen großen Bogen machen sollte.« Die anderen nickten. Das junge Mädchen war keiner von den Art Menschen, die ohne etwas zu sagen, davon liefen. Es musste etwas passiert sein. Kathrin war zwar etwas neugierig, aber sie wäre niemals so dumm gewesen, sich alleine auf den Weg zu machen, um die Gegend zu erkunden. Oder irrte er sich? Jack wusste nicht mehr, was er eigentlich glauben sollte. Er wünschte sich, dass sie nur weggelaufen war, vielleicht eine kleine Auszeit brauchte, doch die letzten Tage hatten ihn misstrauisch allem gegenüber werden lassen. Wusste John, wo das Mädchen hingegangen war, ob sie den Hof verlassen hatte? Hatte vielleicht sogar er was damit zu tun? Die drei Freunde gingen hinüber zu der Hütte von John, in der sie hofften, den Fremden ausfindig zu machen. Jack klopfte an, doch niemand öffnete. Auf der anderen Seite regte sich nichts. Er war wohl nicht zu Hause. Wieder war er verschollen und irgendwo auf seinem eigenen Hofe unterwegs. Die Frage war nur. Wo? Sie wollten weiter nach John Ausschau halten. In den großen Ställen konnte er nicht sein, denn dort waren abermals Vorhängeschlösser angebracht. Also liefen sie weiter in Richtung der kleinen Hütte, die inmitten des Feldes stand. Es war die letzte Möglichkeit, wo der Fremde hätte sein können. Mehr Optionen gab es nicht. Jack und Layla liefen voraus. Hinter ihnen Tom der sich einige Meter hatte zurückfallen lassen. Die Hütte war nun nicht mehr weit von ihnen entfernt. Der Mais war so hoch, dass sie nicht darüber hinwegschauen konnten. Wenn sie John dort nicht fanden, dann hatten sie keine Ahnung, wo sie noch suchen sollten. Nur noch wenige Meter. Schließlich lag der Eingang direkt vor ihnen. Von nahem sah sie ziemlich verlassen aus. So, als wäre schon seit Langem niemand mehr in ihr gewesen. Was also tat John immer wieder an diesem Ort? Was gab es dort so Interessantes? Welches Geheimnis verbarg sich hinter dieser Türe? Jack klopfte an, doch wieder bekam er keine Antwort von der anderen Seite. Mehrere Minuten standen sie einfach da und warteten darauf, dass sich etwas regte, doch all das Warten war vergebens, denn John schien nicht dort zu sein. Schließlich betrachtete Jack die Türe etwas genauer und musste feststellen, dass diese nicht einmal verschlossen war. Nach einem kurzen Stoß gab sie das Innere der Hütte frei. Ein grauenhafter Gestank kam den Freunden entgegen, doch woher dieser seinen Weg fand, konnten sie nicht ausmachen. Layla ließ die Hand von Jack los, trat einen Schritt zurück und verdeckte ihre Nase. »Ach du scheiße. Das stinkt ja wirklich abartig.« Sie entfernte sich weiter von der Hütte, bis sie schon beinahe wieder im Maisfeld verschwunden war. »Da geh ich auf keinen Fall rein! Das könnt ihr vergessen.« Jack schaute Tom an. Dieser nickte nur und zusammen betraten sie die Hütte, ohne zu wissen, was sie dort erwarten würde. Jack war der erste, der einen Fuß in den Raum tat. Er war sich nicht sicher, woran ihn dieser Gestank erinnerte, doch das Erste an was er dachte, war ein verwesendes Tier. Auf den ersten Blick konnten sie nichts entdecken, was den Geruch hätte verursachen können.

Einen Keller schien es hier nicht zu geben. Auf jeden Fall konnten sie in dem kleinen Raum keine Tür oder sonstiges entdecken Rechts in der Ecke des Raumes stand ein großes Regal, in welchem mehrere verstaubte Bücher aufgereiht nebeneinander standen. Bücher, welche allesamt auf den ersten Blick das Thema der Schlachtung und der Farm Arbeiten beinhalteten. Jack und Tom liefen den kompletten Raum der Hütte ab, doch es gab nichts, dass ihnen weiterhelfen konnte. John war, wie Jack es vermutet hatte nicht hier und das machte ihn umso stutziger, denn nun hatten sie alles abgesucht, was es auf dem Hof abzusuchen gab. Mittlerweile hätten sie ihn doch schon längst finden müssen. Wo hielt er sich nur auf? Und wo war Kathrin? Allmählich fingen die Freunde an sich Sorgen zu machen. Was, wenn sie doch nach draußen in die Wälder gegangen war und sich dort verirrt hatte? Sie fingen an auch diese Option in Betracht zu ziehen. Alles war möglich. Das hatten sie in den letzten Tagen schon feststellen müssen. Nachdem Jack und Tom nichts gefunden hatten, gingen sie zurück zu Layla, die noch immer vor der Tür auf sie wartete. Sie kam ihnen nicht entgegen, sondern lief in die andere Richtung, als sie aus der Hütte gekommen waren. Layla wollte nicht mehr in die Nähe dieses Gestanks verweilen. Sie wollte so schnell es nur ging weg von diesem Ort. Jack eilte zu ihr und nahm ihre Hand.»Layla, Kathrin muss doch alleine in den Wald gegangen sein. Hier auf dem Hof haben wir alles abgesucht. Hier ist sie nicht.« Das junge Mädchen blieb stehen. Sie schaute ihren Freund fragend an, doch sie wusste im Grunde genommen, dass er Recht haben musste.

»Jack wo soll sie denn hin sein? Das macht doch überhaupt keinen Sinn. Was für einen Grund hätte sie denn haben sollen in den Wald zu gehen?« Der junge Mann wusste keine Antwort und auch Tom, der zu den beiden aufgerückt war, hatte keine Ahnung, was er dieser Frage entgegnen sollte. Jack jedoch war sich nur einer Sache sicher. Ihnen blieb nichts anderes übrig, als ihre Freundin zu suchen. Sie konnten nicht hier herumsitzen und darauf warten, dass irgendetwas passierte. Bis der Farmer zurückkehren würde, konnte noch eine Ewigkeit vergehen. Sie hatten ihn den ganzen Tag nicht gesehen. Auf dem Hof war er nicht. Er musste also irgendwo anders unterwegs sein. Vielleicht, so dachten sie aber alle drei, dass sie ihn möglicherweise dort draußen treffen würden, wenn er sich schon nirgendwo auf dem Hof aufhielt. Nachdem schließlich ihr Plan stand, gingen sie noch einmal zurück zu der Scheune und packten sich das Nötigste in ihre Tasche. Es würde reichen, wenn sie sich ein paar Getränke mitnahmen. Bis zur Dunkelheit wollten sie wieder zurück auf der Farm sein. Dies hatten sie sich auf jeden Fall vorgenommen. Jack hoffte, dass sie ihre Freundin so schnell es nur ging, wieder fanden. Nachdem sie alles beisammen hatten, machten sie sich abermals auf den Weg in Richtung des Waldes, auf der anderen Seite des Feldes. Der Wald war groß und sie würden die nächsten Stunden damit verbringen ihre Freundin zu suchen. Die Wahrscheinlichkeit, diese dort auf zu finden war gering, doch eine andere Möglichkeit gab es einfach nicht mehr. Zuerst wollten sie an den Ort gehen, an dem sie schon einmal gewesen waren. Dort wo sie auch Max verloren hatten, als er in das Loch gestürzt war. Vielleicht war sie dorthin gegangen. Die Sonne hatte ihren höchsten Stand erreicht und warf ihre vollen Strahlen von oben herab. Den Freunden war bislang noch nichts aufgefallen, was auf ihre Freundin hingewiesen hätte. Als sie schließlich das Loch erreichten in welches Max hineingefallen war, konnten sie Kathrin jedoch nirgendwo sehen. Nachdem sie sich im Umkreis näher umgeschaut hatten beschlossen sie, dass sie ihren Weg fortsetzen mussten. Sie durften nun keine Zeit verlieren, denn wenn die Nacht hereinbrechen würde, dann wäre Kathrin hier draußen, ganz alleine, verloren. So liefen sie noch einmal tiefer in den Wald hinein, ohne zu wissen, was sie wohl dieses Mal erwarten würde. Noch war die Hoffnung da, ihre Freundin zu finden, doch wie lange? Um sich nicht zu verlaufen markierte Jack immer wieder einen Baum mit seinem Taschenmesser, sodass sie später zurückfinden konnten. Sie waren jetzt schon ungefähr 2 Stunden unterwegs. Seine Armbanduhr zeigte 12 Uhr an. Jack verstand die Welt nicht mehr. Kathrin konnte nicht einfach so von der Bildfläche verschwunden sein.

Kathrin saß immer noch am Stuhl gefesselt, in dem kleinen Raum, in dem sie aufgewacht war. Sie wusste nicht wie spät es war, oder gar wie lange sie schon da gesessen hatte, doch es fühlte sich an, als wären Stunden vergangen. John, der zuvor in den Raum getreten war, jedoch nichts getan hatte außer sie minutenlang anzuschauen, war seit langem wieder gegangen. Bislang war nichts passiert, doch die Angst in dem jungen

Mädchen wurde von Sekunde zu Sekunde größer. Mehrmals hatte sie schon versucht sich von ihren Fesseln um Arme und Beine zu befreien, doch es schien aussichtslos, denn sie waren einfach zu fest. Ab und zu hörte sie von draußen Schritte. Irgendjemand war vor der Türe auf und abgegangen. Immer und immer wieder. Was hatte John nur mit ihr vor? Wieso hielt er sie hier fest? Sie hatte ihm nichts getan. Sie wollte nach Hause. Zu ihren Eltern. Zu ihren Geschwistern. Einfach ihre Familie in die Arme nehmen. Abermals rissen sie Schritte aus den Gedanken. Vor der Türe regte sich etwas. Ein lautes Atmen, welches von draußen kam, machte ihr deutlich, dass es sich um den Fremden handeln musste. Sie hatte gehofft, dass es ihre Freunde waren, aber sie wurde enttäuscht. Suchten sie nach ihr? Die Person draußen auf dem Flur bewegte sich nicht mehr. Stand einfach nur da. Die Tür war noch verschlossen, bis schließlich der Griff langsam nach unten gedrückt wurde. Mit einem lauten Quietschen öffnete sich die alte stählerne Tür und gab die Sicht nach draußen frei. Es war John, der ihr nun gegenüber stand. Wieder bewegte er sich nicht, sondern schaute sie einfach nur an. Das Herz des jungen Mädchens schlug wild vor sich hin. Sie fing an zu weinen und wimmerte. »Lass mich gehen. Ich habe dir doch nichts getan.« John schloss die Tür und ließ das junge Mädchen abermals alleine in der Dunkelheit sitzen. »John mach mich hier los. Ich will hier weg! Lass mich gehen.« Das junge Mädchen schrie. Sie wollte nicht länger festgebunden sein. Kathrin wollte zu ihren Freunden, doch ihre Schreie blieben ungehört.

John hatte sich auf den alten Stuhl gesetzt, welcher in der rechten Ecke des kleinen Raums stand, in dem er früher immer mit seinem Vater Zeit verbrachte. Hier hatten sie damals die Schweine geschlachtet. John wusste nicht wieso er sich an diesem Ort so gerne aufhielt, doch es gab ihm ein Gefühl der Geborgenheit. Er fühlte er sich wohl und war seiner Familie näher. Seine Familie, die ihm auf grausame Art und Weise genommen wurde. Er wollte weinen, doch er konnte nicht. Die Jahre in denen er ohne seine Liebsten hatte leben müssen, waren schrecklich und machten ihn zu einem Menschen, der er niemals sein wollte, doch den Bezug zu anderen, hatte er schon vor langer Zeit verloren. Sie waren abstoßend. Jeder dachte nur an sich. Sie konnten ihren Mitmenschen nur Leid zufügen und interessierten sich nicht für diejenigen, die anders lebten, als die Gesellschaft es ihnen vorschrieb. John wollte Rache. Rache dafür, was sie alle ihm angetan hatten. Sie hatten seinen wertvollsten Besitz, den er jemals in seinem ganzen Leben besessen hatte genommen. Dafür sollten sie büßen. Vom anderen Ende des Flures konnte er sie schreien hören. Das Mädchen, das auf seinem Hofe herum spioniert hatte. Die, welche seine Regeln nicht befolgte. Die, die seine Gastfreundschaft mit Füßen trat. Doch wer sich nicht an Regeln hielt, musste dafür bezahlen. Er hatte alles für die Menschen getan, wenn sie Hilfe benötigten. Früher, als noch alles anders gewesen war. Immer wieder kamen Leute zu ihm auf den Hof und baten um Hilfe. Immer wieder hatte er geholfen. Doch nun, da niemand mehr da war den er lieben konnte, war dies eine Sache, die keinerlei Bedeutung mehr einnahm. Die Menschen sollten verstehen, dass es ohne Regeln keine Zukunft gab. Das auf jede Aktion eine Reaktion folgte. Die Jugendlichen hatten ihre Erziehung verloren, wurden zu dem, was sie waren. Durch eine Erziehung der Eltern, die keinerlei elterliche Erfahrung zugrunde hatte. Die Kreise in denen sie kursierten wurden schlimmer. Damals hatte es so etwas nicht gegeben. Damals gab es noch Respekt vor anderen Mitmenschen. Niemand achtete mehr auf seinen gegenüber. Es ging jedem nur um das eigene Wohl. John schlug mit seiner Faust auf den Tisch. Wenn das Mädchen nicht sofort aufhören würde zu schreien, würde er dafür sorgen, dass sie es tat. Er gab ihr noch eine Chance sich an diese Regel zu halten und wartete ab.

Sie wussten nicht, wo sie noch suchen sollten. Mittlerweile waren sie schon mehrere Stunden im Wald unterwegs gewesen und hatten alles abgesucht, doch von ihrer Freundin gab es bislang keine Spur. Soweit würde sich Kathrin niemals von der Gruppe entfernen. Nun war sich Jack sicher, dass irgendetwas passiert sein musste. Da sie nichts weiter tun konnten, mussten sie den Rücktritt antreten und zurück auf den Hof. Vielleicht war John wieder da. Sie mussten endlich erfahren, was hier auf der Farm vor sich ging. Wieso war Kathrin einfach verschwunden? Hatte der mysteriöse Farmer John etwas damit zu tun? Immer mehr bekam Jack ein ungutes Gefühl, wenn er daran dachte, welche unerwarteten Ereignisse die Freunde die letzten Tage heimgesucht hatten. Zuerst Max, der in das tiefe Loch gestürzt war und von John angeblich in das nächste Dorf gebracht wurde und nun auch noch Kathrin, die spurlos verschwunden war. »Leute.« Er blieb stehen und schaute zu Tom, der vor den zweien lief. »Irgendetwas stimmt hier nicht. Kathrin ist nicht weggelaufen. Glaubt ihr, dass John damit was zu tun haben könnte?« Jack schaute in Richtung der Ställe, die nun in weiter Ferne zu erkennen waren. Der Wind fegte über das Feld und lies den Mais sich hin und her bewegen. Mittlerweile war die Sonne dabei unterzugehen. Sie tauchte die Landschaft um sie herum in ein rotes Gewand. Schließlich standen sie abermals in der Mitte des Hofes und ein mulmiges Gefühl hatte sich in ihre Knochen geschlichen. Weit und breit konnten sie niemanden sehen. Alles war still. »Irgendwo muss der Kerl doch sein. Was macht der denn den ganzen Tag hier. Der Stall ist auch schon wieder von außen geschlossen. Dort kann er sich also auch nicht aufhalten.« Tom ging hinüber zu der Hütte des Bärtigen und versuchte durch die Fenster zu spähen, doch das Einzige was er sehen konnte, war der Tisch und die um diesen stehenden Stühle. Die Teller vom Vortag standen noch so da, wie sie sie verlassen hatten. Nichts hatte sich verändert. Von John fehlte weiterhin jede Spur. »Er ist immer noch nicht hier!« Tom blickte zurück zu seinen Freunden, die direkt hinter ihm standen und auf dem Hof nach irgendwelchen Anzeichen von Leben Ausschau hielten, doch es regte sich nichts. Wieder waren sie alleine. »John!« Jack lief um die Hütte herum und rief nach dem Fremden, doch es blieb ruhig. Niemand antwortete. »Was jetzt?« Layla schaute ihren Freund an, als dieser sich auf die Treppe der Hütte gesetzt hatte und erwartete von ihm eine Antwort. Sie hatte keine Lust mehr zu warten bis etwas passierte. »Kathrin muss doch hier irgendwo sein.« Tom blickte hinüber auf das Feld von dem sie gekommen waren. »Lasst uns schauen ob vielleicht doch etwas in dieser Hütte ist! Wir müssen was übersehen haben!« Tom lief voraus. Jack und Layla schauten sich an. Welche anderen Möglichkeiten hatten sie denn noch? Entweder sie schauten einmal dort nach oder sie warteten auf John, bis dieser wieder bei ihnen auftauchte. Mehr blieb ihnen nicht übrig. Layla hatte sich dazu entschlossen in der Scheune zu bleiben. Jack willigte ein und ging schließlich zusammen mit Tom abermals zu der kleinen Hütte, welche sich in der Mitte des großen Feldes befand. Diesmal wollten sie genauer schauen, ob sie dort etwas finden konnten. Nach nur kurzer Zeit hatten sie sie erreicht. Alles war noch genau so, wie sie es zurückgelassen hatten. Von drinnen roch es nach verwesendem Fleisch. Dieses Mal war der Geruch beinahe stärker als beim letzten Besuch. Doch es half nichts. Sie mussten nach drinnen. Jack stand im Türrahmen des kleinen Häuschens. Blickte nach links und rechts. Da saß er. Auf der linken Seite der Hütte auf einem Stuhl. John, der mit starrem Blick in die Richtung der Türe starrte. Er sagte nichts, sondern blickte wie von Sinnen zu Jack und Tom hinüber.

Kapitel 9 - Strafe muss sein

»Was sucht ihr hier? Dies ist mein Hof und ihr habt euch gefälligst an meine Regeln zu halten, ob ihr dies wollt oder nicht.« John klang wütend und stand auf. Seine Miene hatte sich verändert. Es war nicht mehr dieser freundliche Blick, welcher er die letzten Tage immer wieder aufgelegt hatte. In seinen Augen spiegelte sich der Wahnsinn. Die beiden Jungen bekamen es mit der Angst zu tun, blieben aber stehen. Sie konnten jetzt nicht einfach weg. Jack ging ein paar Schritte auf den Bärtigen zu, dessen Blick noch immer finster ihnen entgegen drang. »John wir brauchen deine Hilfe. Kathrin unsere Freundin ist verschwunden.« Doch John antwortete nicht, sondern kam ebenfalls ein paar Schritte auf die beiden zu. Mit seinen kräftigen Händen beförderte er sie aus seiner Hütte, wodurch sie stürzten und auf dem Feldboden aufschlugen. »Ich weiß nicht wo eure Freundin ist. Haltet euch an die Regeln!« John schlug ihnen die Hüttentür vor der Nase zu. Noch immer lagen die beiden Jungen da und schauten sich mit fragendem Blick an. Damit hatten sie nicht gerechnet. Beide verstanden nicht, was sie falsch gemacht hatten. Sie hatten ihm nichts getan. Welche Regeln meinte er? Ratlos und ohne neue Erkenntnisse liefen sie zurück zur Scheune, in der Layla schon auf sie warten würde. Tom schaute sich mehrere Male um, doch die Tür der kleinen Hütte blieb verschlossen. Durch das weit entfernte Fenster konnte er erkennen, wie der Fremde immer wieder auf und ab lief. »John versteckt irgendetwas vor uns in der Hütte. Warum sonst hätte er uns so rauswerfen sollen. Und wo war er vorhin, als wir schon einmal dort waren. Wir sollten heute Nacht noch einmal dort hingehen wenn John schläft.« Jack blickte zu Tom und blieb stehen. Er wusste nicht, was er von der Idee seines Freundes halten sollte. Jack war bewusst, dass es verrückt war, ein weiteres Mal zu der Hütte zu gehen. Was würde passieren, wenn John sie ein zweites Mal dort antreffen sollte. Der Mann hatte sich verändert und war wohl gefährlicher, als die Freunde es zuvor geglaubt hatten.»Tom! Wir dürfen Layla nicht erzählen, was gerade vorgefallen ist. Sie darf es nicht erfahren! Ansonsten würde sie sich zu viele Sorgen machen. Hast du verstanden?« Tom stimmte zu, doch es gefiel ihm nicht, dass sie dies vor ihrer Freundin verheimlichen mussten, denn auch sie hatte das Recht zu erfahren, was auf der Farm vor sich ging. Doch wenn Jack es so wollte, dann konnte er ihm auch nicht in den Rücken fallen. Als sie die Scheune erreicht hatten, stand das junge Mädchen schon vor dem Tor und wartete auf die beiden. Ihr strenger Blick musterte sie und Jack fiel es schwer seine Freundin anzulügen, aber er glaubte, dass es das Beste wäre, wenn sie nichts wusste. Sein Mädchen sollte sich nicht unnötig Sorgen machen. Die letzten Tage waren auch so schon anstrengend genug gewesen. Er wollte ihr jeden weiteren Kummer ersparen.»Und? Habt ihr etwas gefunden?« Layla nahm die Hände ihres Freundes und blickte ihm in die Augen. Er versuchte so gut es ging sich nichts anmerken zu lassen, doch ein Zucken verriet ihr, dass es etwas gab, was er ihr verheimlichen wollte.»Da war nichts. Wir haben in der Hütte alles abgesucht, aber konnten dort nichts finden.«

Jack entriss sich ihren Händen und ging zu der Flasche Alkohol, die sich auf dem Boden in der Scheune befand. Er füllte einen Becher, der direkt daneben lag mit der dunklen Flüssigkeit und trank sie mit einem Zug leer. Seine Hände zitterten. Um dies jedoch vor Layla zu verstecken,, verstaute er sie kurzerhand in seinen Hosentaschen. Als er zu seiner Freundin blickte, stand sie mit verschränkten Armen hinter ihm. Er war ein schlechter Lügner, dass hatte er schon des Öfteren feststellen müssen, doch Layla ließ es dabei, setzte sich auf den Boden und füllte sich auch einen Becher. »Na gut. Wenn du mir nicht sagen möchtest was passiert ist, dann wie du willst.« Das junge Mädchen würdigte ihren Freund die nächste Stunde keines einzigen Blickes. Sie wusste, dass etwas nicht stimmte, doch irgendwann würde er schon mit der Sprache herausrücken. Tom hatte sich zu den beiden gesellt. Auch er schwieg die nächste Zeit und versuchte der Situation aus dem Weg zu gehen, zündete sich einen Joint an und lehnte sich zurück, in der Hoffnung all das würde bald ein Ende finden. Die Freunde konnten nicht ahnen, was sie noch erwarten würde auf dem Hofe, der ihnen die letzten Tage nur Sorgen bereitet hatte. Zuerst hatte es Max erwischt, der jetzt wohl in irgendeinem Krankenhaus oder sonst wo lag, ganz alleine und dort auf seine Freunde wartete, bis sie ihn besuchen würden. Dann Kathrin, die bislang immer noch verschwunden war. Jack glaubte nicht mehr nur an Zufälle. Es musste einen Grund geben, wieso dies alles passierte. John hatte möglicherweise mehr damit zu tun, als er es zugeben wollte. Die Freunde saßen noch lange Zeit da. Jack blickte immer wieder in die Richtung des großen Scheunentores, denn er rechnete damit, dass John schon bald bei ihnen stehen würde. Doch was dann? Jack fragte sich noch, was er mit den Regeln gemeint hatte. Welche Regeln sollten sie beachten? Und was würde passieren, wenn sie dies nicht taten? Mittlerweile hatte sich die Angst in Jack gegenüber dem Fremden um ein weiteres Mal verstärkt, doch die Neugier in ihm war weitaus größer. Was sollte John schon mit ihnen anstellen? Jack erhoffte sich von dem Abend, dass sie erfahren würden, wohin ihre Freundin möglicherweise verschwunden war. Immer mehr spielte Jack mit dem Gedanken, dass John doch hinter dieser ganzen Sache stecken konnte. Doch was hätte er davon? Was würde ihm das Ganze bringen? Und wieso hatten die Freunde nicht mitbekommen, wie das junge Mädchen verschwand. Wäre sie mit Gewalt mitgenommen worden, dann hätten die anderen dies doch mit Sicherheit gehört. Hat er sie, als sie in der Nacht nach draußen gegangen war vielleicht überrascht oder spann sich Jack da nur etwas zusammen? Nachdem Jack abermals seinen Becher geleert hatte beschloss er, das Trinken für diesen Abend sein zu lassen, denn würde er noch mehr der alkoholischen Getränke zu sich nehmen, konnten sie ihren Plan vergessen, in die Hütte des Fremden einzudringen. Er wollte bei Sinnen sein, wenn sie auf dem Hofe herumschleichen würden. Als Jack auf seine Uhr blickte war es 22 Uhr. Sie waren froh, dass sie an diesem Tage nichts von der Suppe hatten essen müssen. Sie hatten den Fremden nun schon seit dem letzten Aufeinandertreffen nicht mehr gesehen und wenn Jack ehrlich zu sich selbst war, dann freute ihn dies sogar ein wenig. Was war bloß in John gefahren. Weshalb benahm er sich so seltsam.

John schob das große Bücherregal, welches vor dem Eingang des Kellers stand zur Seite. Diese Jugendlichen. Wieso spionierten sie ihn aus. Was hatte er ihnen getan? Er nahm sie bei sich auf und sie traten seine Gastfreundschaft mit Füßen. Er war enttäuscht und wütend zugleich. Regeln wurden gebrochen. Regeln welche er aufgestellt hatte. Regeln, die für das Leben miteinander unabdingbar waren. Als er durch den Eingang zu seinem Keller getreten war, drehte er sich noch einmal um und rückte das Regal so gut es ging an seine ursprüngliche Position, sodass niemand mehr sehen konnte was sich dahinter verbarg. Die Treppe, die in das untere Gewölbe führte, knarrte unter seinen Schritten. Unten angekommen schritt er durch die Dunkelheit. Licht benötigte er hier nicht, denn seine Augen hatten sich schon seit Langem an das Dunkle gewohnt. John lief durch den kleinen Tunnel der vor ihm lag. Von weitem hörte er das junge Mädchen schreien. Abermals schrie sie nach ihren Freunden. Hatte er ihr nicht gesagt, dass sie ruhig sein sollte, dass sie sich an die Regeln zu halten hatte? Wieso konnte sie nicht auf ihn hören und ihn respektieren, wie sie auch seinen Hof zu respektieren hatte. Schließlich erreichte er das Ende des schmalen Tunnels und stand nicht weit entfernt von dem Bunkereingang. Er griff nach einem Messer, das auf dem alten hölzernen Tisch in der Mitte des Raumes lag und lief zu dem großen Vorhang, welcher den Eingang verbarg. Damals war dessen Funktion noch der Schutz der Familie vor Bombenangriffen gewesen, doch mittlerweile war es für John nur ein Rückzugsort, wenn er seiner Schlachterei nachgehen wollte. Schon seine Schweine hatte er hier geschlachtet, doch mit der Zeit wurden es immer weniger, die er zur Verfügung hatte. John schob den Vorhang beiseite und überwand die zwei nach unten führenden Stufen. Nun lief er den langen Gang entlang, welcher vor ihm lag. Mehrere Räume waren hier aneinandergereiht. In vielen waren einfach nur die Vorräte für den Notfall gelagert, aber am Ende des Flures im letzten Raum, hinter verschlossener Tür saß sie. Kathrin, das junge Mädchen, welches sich nicht an Regeln halten wollte. Welches ihn und seine Ansichten nicht respektierte. Nun sollte sie die Konsequenzen ihres Handelns spüren. Sie hatte sich ihr Schicksal selbst ausgesucht. Wäre sie ruhig gewesen, dann hätte er sie womöglich verschont, doch nun musste er sie bestrafen. John öffnete die Stahltür, die zu Kathrin führte. Diese schrie immer noch um Hilfe, doch niemand würde sie hier unten hören. So saß sie da, ihre Hände wie auch die Beine gefesselt an dem Stuhl, wie er sie zurückgelassen hatte. Das Messer in der Hand, ging er auf das junge Mädchen zu, schaute ihr direkt in die Augen. Sie weinte. »Hör auf zu heulen!« Wut stieg in ihm auf. Er nahm das Messer und tat was getan werden musste. Mit einem kräftigen Stich durchbohrte er den Brustkorb des vor ihm sitzenden Mädchens, die mit einem Mal verstummte. Blut. Es verteilte sich auf dem Boden. John genoss die Stille, welche mit einem Mal durch das Gewölbe schwebte. Er liebte es. Jedes Mal aufs Neue. Das Messer welches tief im Brustkorb des jungen

Mädchens versunken war, zog er hinaus, drehte sich um und verließ den Raum. Die Tür hinter sich fiel ins Schloss. Nun musste er sich noch um die anderen kümmern. Auch sie hatten seine Regeln nicht befolgt und schon bald würden auch sie die Konsequenzen ereilen? Die Respektlosigkeit gegenüber ihm und seinem Besitz machten ihn wütend. Es war an der Zeit für Ordnung zu sorgen.

Mittlerweile war es 23 Uhr. Die drei Freunde saßen in der Scheune, rauchten, tranken und unterhielten sich. Sie wussten noch immer nicht wo Kathrin war, oder wie es Max im Moment erging. Ihnen war nur eines klar. Sie wollten weg von diesem Ort. Sobald sie Kathrin gefunden hatten wollten sie sich auf den Weg nach Hause machen. Egal wie. Für einen kurzen Moment spielten sie sogar mit dem Gedanken den Wagen des Fremden zu stehlen, doch dafür würden sie den Schlüssel brauchen, den sie nicht hatten und kurzschließen konnte keiner der Freunde das Fahrzeug. Jack und Tom waren immer noch der festen Überzeugung, ihren Plan in die Tat umzusetzen. Ein letztes Mal wollten sie den Weg zu der kleinen Hütte wagen. Der Fremde schien etwas vor ihnen zu verbergen. Was es war, dass wusste keiner von ihnen, doch sie waren sich sicher, es bald heraus zu finden. Jack schaute auf seine Uhr, doch die Zeit schien stehen geblieben zu sein. Jede Minute fühlte sich an wie eine nie enden wollende Ewigkeit. Von John hatten sie nichts mehr gesehen und auch Kathrin war bis zu diesem Zeitpunkt nicht wieder aufgetaucht. Nachdem sie lange Zeit zusammen beim Schein der

Petroleumlampe verbracht hatten, rieb sich Layla schließlich die Augen. Sie entschied sich dazu, sich in ihren Schlafsack zu begeben. Sie war zu müde um noch längere Zeit mit den Jungen wach zu bleiben. Als das junge Mädchen sich schließlich hingelegt hatte, atmete Jack auf, denn darauf hatten er und Tom schon den ganzen Abend gewartet. Nun konnten sie endlich ihren Plan in die Tat umsetzen. Die beiden Jungen hofften nur, dass sie John unterwegs nicht vor die Füße liefen, denn sie wussten nicht, wie er darauf reagieren würde. Da er schon am Nachmittag nicht sonderlich froh gewirkt hatte, als sie in der kleinen Hütte herumgestöbert hatten, wäre er wohl noch weniger begeistert, wenn er sie abermals dort entdecken würde. Sie warteten noch eine Zeit lang, sodass sie sicher sein konnten, dass Layla schlafen würde. Sie durfte nicht erfahren was die zwei im Schilde führten. Nachdem sie eine weitere Stunde gewartet hatten, war das Mädchen eingeschlafen. Jack lief noch einmal kurz zu ihr hinüber, um die Gewissheit zu haben, dass sie auch wirklich schlief. Und tatsächlich waren ihre Augen geschlossen, als er vor ihr stand. Die zwei begaben sich ganz langsam auf den Weg nach draußen. Sie versuchten so wenig Geräusche wie nur möglich zu machen, um Layla nicht doch irgendwie zu wecken. Nur wenige Schritte entfernt von dem Scheunentor, stieß Tom versehentlich gegen eine Flasche, die mit einem lauten Klirren zersprang. Für einen kurzen Moment blieben sie stehen und schauten sich nochmals um, doch sie blieben unbemerkt. Nachdem sie das Tor hinter sich geschlossen hatten, atmeten sie auf. Um sie herum war alles still. In der

Dunkelheit war es schwer noch etwas zu erkennen. Nirgendwo brannten Lichter. Das war ein gutes Zeichen. Das bedeutete also, dass auch John sich ins Bett begeben haben musste. So konnten sie in Ruhe die Hütte nach Hinweisen durchstöbern, falls es dort welche geben sollte. Als sie sich sicher waren, dass niemand anderes mehr außer ihnen selbst zu dieser Stunde wach war, machten sie sich auf den Weg. Jack hatte aus seinem Auto die Taschenlampe geholt, die er vor einiger Zeit dort für den Notfall hinterlegt hatte. Er hatte sie ganz vergessen. In dieser Nacht schien der Mond nicht so hell wie in den Nächten davor. Etwas war anders. Aus der Ferne vernahmen sie Wolfsgeheule. »Na hoffentlich kommen die Viecher nicht bis hierher. Das würde jetzt gerade noch fehlen.« Jack lachte, obwohl ihm nicht wirklich danach zumute war. Mit langsamen Schritten begaben sie sich über das große Feld und immer wieder blickten sie zurück. Es kam Jack beinahe so vor, als würden sie beobachtet werden, doch immer wenn er sich umdrehte war dort niemand. Alles war still. Schließlich erreichten die beiden die kleine Hütte von John. Der junge Mann hoffte, dass sie nun endlich eine Antwort auf die Frage finden würden, was hier vor sich ging. Noch einmal schauten sie sich um ob sie alleine waren. Dann betraten sie das alte Gebäude. Ein lauter Knall lies die zwei Freunde zusammen zucken. Die Türe hinter ihnen war ins Schloss gefallen. Noch immer roch es nach verwesendem Fleisch, doch auch jetzt konnten Jack und Tom die Quelle nicht ausfindig machen. Langsam und vorsichtig durchstöberten sie den Raum, der alt, modrig und schon seit Jahren wohl nicht mehr gepflegt wurde.

Das Licht der Taschenlampe half ihnen dabei sich in der Dunkelheit zurechtzufinden. Der Kamin war noch vor kurzem angeheizt worden, denn Glut brannte in ihm und kleine Rauchschwaden stiegen empor durch den Schacht. Wann John wohl die Hütte verlassen hatte? Jedenfalls hofften sie, dass er nicht im nächsten Augenblick hinter ihnen stehen würde. Jack leuchtete von der einen in die andere Ecke, doch es gab nichts, was ihnen nicht schon zuvor aufgefallen war. »Hier muss doch etwas sein.« Jack trat gegen den Holzstuhl der direkt vor ihm stand. Dieser fiel mit einem lauten Knall zu Boden und für einen Moment stockte den beiden Freunden der Atem. Hoffentlich hatte das niemand gehört. Jack musste aufpassen was er tat. Der junge Mann entschied sich, das Regal näher in Augenschein zu nehmen. Etwas hatte ihn schon am Nachmittag stutzig gemacht. Die Bücher darinnen waren alt, verstaubt und drohten teilweise schon zu verfallen. Er schaute sich das Regal noch einmal genauer an. Als er die Seiten des Schrankes betrachtete, fiel ihm auf, dass etwas dahinter zu sein schien, denn ein kalter Luftzug kam ihm entgegen. »Tom hilf mir mal bitte.« Zusammen rückten sie den Schrank beiseite und was sie dahinter entdeckten, verschlug ihnen für einen kurzen Moment den Atem. Ein großes Loch in der Wand, das den Weg zu einer alten Treppe freigab, welche womöglich in den Keller führte. Wieso verbarg John diesen Weg? Was gab es dort unten Geheimes zu verstecken? Jack leuchtete mit der Taschenlampe nach unten. Eine alte Holztreppe führte in Richtung Dunkelheit. Sie konnten nicht erkennen, was sich dort unten befand, denn als sie dorthin blickten, wo die Treppe hinzuführen schien, erkannten sie bloß dunkle Leere, die jegliches Licht verschluckte. Die beiden mussten herausfinden, was dort unten vor sich ging. Die Neugierde hatte die zwei Freunde gepackt. Mit langsamen Schritten machten sich Jack und Tom auf den Weg nach unten. Die Treppe unter ihren Füßen knarrte bei jeder Bewegung, doch ihnen blieb nichts anderes übrig als weiter zu gehen. Jack voran mit seiner Taschenlampe leuchtete ihnen den Weg. Als sie nach etlichen Stufen schließlich im unteren Stockwerk angelangt waren, konnten sie nichts Sonderbares entdecken. Die Wände waren aus Beton und alles wirkte kalt. Der kleine Raum in dem sie sich befanden, war leer. Als die zwei Freunde jedoch nach rechts blickten, konnten sie einen kleinen Tunneleingang entdecken. Wie es den Anschein hatte, war es ein Gewölbekeller, in dem sie sich nun befanden. Jack hoffte, am Ende dessen Antworten auf ihre Fragen zu bekommen, doch was ihnen wirklich bevorstand, dass konnten sie zu diesem Augenblick noch nicht erahnen.

Es war schon spät. John hatte sich dazu entschlossen sich in sein Bett zu begeben und sich erst am nächsten Tag um die Jugendlichen zu kümmern, aber irgendetwas riss ihn aus seinem Schlaf. Von draußen hatte er etwas gehört oder bildete er sich das nur ein? Er verließ sein Bett im oberen Stockwerk seiner Hütte und zog sich langsam an. John musste nach dem Rechten sehen. Was taten die Jugendlichen nun schon wieder? Was auch immer er gehört hatte, er würde dem auf den Grund gehen. Als er aus dem Fenster blickte, sah er auf den ersten Blick nichts, was ihn beunruhigte, doch er war sich sicher, dass dort draußen etwas war. Vielleicht war es auch nur ein Tier. Der Bärtige war müde, doch die Wut in ihm war größer und so trat er hinaus in die Kälte der Nacht, auf der Suche nach dem Störenfried. Er lief auf die Scheune zu, in der er die Jugendlichen hatten schlafen lassen. Dieses undankbare Pack, das ihn nicht respektierte und ihn nicht ernst nahm. Sie konnten nicht wissen, was er alles erlebt hatte. Wie Menschen ihn verletzt hatten in seinem tiefsten Inneren. Nie hatte er anderen etwas angetan und doch wurde sein Leben von ihnen zerstört. Sie nahmen ihm alles was ihm jemals wichtig gewesen war. Der kalte Wind wehte um seine langen fettigen Haare. Er lauschte ihm, wie er über die Felder fegte. Ansonsten war alles still. John stand nun vor dem großen Scheunentor, hinter dem die Jugendlichen schliefen, so dachte er zumindest. Er öffnete die große Pforte und betrat den Raum. Stille. Nichts regte sich. Er lief umher und hielt Ausschau nach den Jugendlichen, welche hier ihr Lager aufgeschlagen hatten. Dort lag eine von ihnen, doch wo waren die anderen. In ihm stieg die Wut ins unermessliche. Etwas stimmte hier ganz und gar nicht. Wo waren die anderen zwei? Was taten sie auf seinem Hof? Hatten sie schon wieder damit angefangen zu schnüffeln. Es war Zeit zu handeln, doch die zwei Jungen konnten warten. Sie würden ihre Strafe noch rechtzeitig bekommen. Darum würde er sich schon kümmern.

Der Tunnel, welcher sich vor ihnen aufgetan hatte schien endlos. Sie gingen nur langsam voran, um der Gefahr zu entgehen, doch noch von dem Fremden entdeckt zu werden. Mit jedem Schritt, den sie vor den anderen setzten, kamen sie ihrem Ziel näher. Was sie dort am anderen Ende erwarten sollte, dass wussten sie nicht, doch womöglich war es die Antwort auf all das, was auf dem Hofe vor sich ging. Es war kalt, düster und immer wieder wehte ein kühler Luftzug durch das heruntergekommene Gemäuer. Mit jedem Schritt den die beiden Freunde vorankamen stieg die Angst, von dem Fremden, der sie auf seinem Hof nächtigen lies, entdeckt zu werden. Schließlich hatten sie das andere Ende erreicht und befanden sich nun in einem kleinen Raum. In der Ecke dessen standen ein großer Schrank und direkt daneben ein Holztisch auf dem sich seltsame Flecken befanden. Rote Flecken. Blut? Ob John hier seine Tiere schlachtete oder jemals geschlachtet hatte? Mit seiner Taschenlampe durchleuchtete Jack den ganzen Raum. Langsam liefen sie hinüber zu dem verschlossenen Schrank. Jack öffnete ihn und erblickte Unmengen an Messern, Beilen und anderen Werkzeugen, die sie jedoch selbst nicht alle zuordnen konnten. Einige von ihnen hatten sie in ihrem Leben zuvor noch nie gesehen. Jacks Hände zitterten. Das Licht seiner Lampe wanderte weiter, doch mehr war in dem Raum nicht zu sehen. Jack entdeckte den Vorhang, der direkt neben dem Schrank hing. Was verbarg sich dahinter? Sie schoben ihn beiseite. Es offenbarte sich ein langer Gang vor ihnen. Ein versteckter Bunker? Hielt sich John hier auf, wenn er auf seinem Hofe nicht aufzufinden war? Schritt für Schritt setzten sie ihren Weg durch den kalten Flur fort, ohne zu wissen, was sie erwarten würde, welche Gefahr sich anbahnte. Die Wände um sie herum waren aus kaltem weißem Beton und überall hingen Petroleumlampen, die jedoch nicht brannten. Immer wieder drehten sich die beiden Jungen um, um auf Nummer sicher zu gehen, dass ihnen niemand folgte. Sie fühlten sich verfolgt. Eine Tür reihte sich an die nächste. Unzählige gab es hier. Was sich wohl dahinter verbarg? Tom lief zu jeder einzelnen und versuchte sie zu öffnen, doch sie waren allesamt verschlossen. Nachdem er mindestens ein Dutzend Türen durchprobiert hatte, war nur noch eine Einzige übrig geblieben, welche sie nicht ausprobiert hatten. Es war die Letzte am Ende des Ganges. Nur noch wenige Meter hatten sie vor sich und mit jedem stieg die Anspannung in ihnen. Ob sich hinter dieser etwas verbarg? War sie verschlossen oder gab sie ihren Weg in den Raum dahinter frei? Jack griff langsam nach dem Türgriff und drückte die Klinke nach unten. Er konnte sie öffnen. Mit einem lauten Krächzen offenbarte sie, was sich hinter ihr verbarg. Jack und Toms Blicke wanderten in den Raum und sie erstarrten bei dem Anblick, welcher sich ihnen bot.

John, betrachtete das junge Mädchen. Sie bewegte sich nicht, schlief tief und fest. Er streichelte ihr über das Gesicht und strich ihr durch die Haare, doch auch das ließ sie nicht aus ihrem Schlaf erwachen. So wie sie da lag, erinnerte sie ihn etwas an seine Tochter. Sie hatte dieselben Haare. Plötzlich erwachte das junge Mädchen, riss die Augen auf und blickte John erschrocken an.

Dieser trat einen Schritt zurück. Sie schrie und sprang auf. Sie versuchte wegzulaufen, doch John ergriff die Mistgabel, welche nur wenige Meter von ihm entfernt stand und warf sie mit voller Wucht in die Richtung des jungen Mädchens, welches von den scharfen Spitzen am rechten Bein getroffen wurde. Sie stürzte und schlug mit dem Kopf auf dem Boden auf. John erkannte wieder, dass er nun für Ordnung auf seinem Hof sorgen musste. Es war an der Zeit, dass wieder Ruhe einkehrte. Sich nicht an Regeln halten, das war das Einzige, was die Jugendlichen konnten. Das Mädchen lag vor ihm. Regte sich keinen Zentimeter. Was sollte er mit ihr machen. Nun war es für sie an der Zeit das Zeitliche zu segnen. Die anderen zwei, die nicht in ihren Schlafsäcken waren, schlichen sich irgendwo auf seinem Hof umher. Er konnte es nicht leiden, wenn jemand herum schnüffelte. Es war eines der respektlosesten Dinge, die es überhaupt gab und Respektlosigkeit duldete er nicht. Dies mussten schon viele vor ihnen erfahren. So lief er nach draußen. Das Mädchen hatte er sich über die Schulter geworfen. Mit großen Schritten lief er hinüber zu dem Stall, in welchem früher seine Schweine gelebt hatten, die er aber schon seit langer Zeit aufgegeben hatte. Nach dem Tod seiner Familie war nichts mehr gewesen, wie es einmal war. Langsam erwachte das junge Mädchen aus dessen Bewusstlosigkeit und murmelte leise etwas vor sich hin. Was genau es war, konnte John nicht verstehen und es interessierte ihn auch nicht. Am Stall angekommen, nahm er den Schlüssel aus seinem Hemd. Diesen trug er immer bei sich. Er entfernte das Vorhängeschloss, welches sich vor dem großen

Tor befand und trat schließlich in das Gebäude ein. Die Axt, welche direkt am Eingang des großen Stalles gestanden hatte nahm er zur Hand und begab sich dann weiter hinein, direkt zu dem Häcksler, welcher sich am anderen Ende befand. Dort angekommen, legte er das junge Mädchen auf den Boden. Ab und zu murmelte sie etwas vor sich hin doch bei Sinnen war sie noch nicht wieder. Ihr rechtes Bein blutete stark, wodurch schon nach kurzer Zeit eine kleine Blutlache entstand. John hob die Axt nach oben. Es war an der Zeit. Schließlich holte er aus und schlug zu. Das Beil durchdrang den Arm des jungen Mädchens und durchtrennte ihn mitsamt dem Knochen. Sie schrie auf, doch John zeigte keinerlei Regung, sondern nahm das abgetrennte Körperteil von ihr und warf ihn in die Öffnung des Häckslers. Das junge Mädchen schrie vor Schmerzen, brachte jedoch fast keine Worte hervor. »Jack! Hilfe.« Doch ihr Freund konnte ihr nicht helfen. Er war zu weit weg, um sie hören zu können. John nahm die Zündschnur des Häckslers in die Hand. Erster Versuch. Das Gerät stotterte ein paar Mal, doch es schien noch nicht zu funktionieren. Erst beim zweiten Versuch sprang die Mechanik des Häckslers an und zerstückelte den dort drinnen liegenden Arm bis in seine kleinsten Bestandteile. Blut spritze aus der Öffnung und verteilte sich über die Kleidung von John, der einfach so da stand und dem Spektakel seine volle Aufmerksamkeit widmete. Seine Laune hatte sich wieder zum Guten gewendet. Ein Lied kam über seine Lippen. Eines, welches seine Mutter ihm damals in seiner Kindheit immer vorgesungen hatte, wenn sie ihn ins Bett gebracht hatte. Bis zum heutigen Tage hatte es sich in sein Gedächtnis eingebrannt.

Das Messer fest in seiner Hand

getränkt von Blut der Schafft

durchtrennt der Schlächter Stück für Stück

bis Leben hingerafft

Getränkt von Blut, es vor ihm liegt

das Tier einst war so schön

doch Schlächters Messer ganz und gar

Blutlust begleitet ihn

Er nimmt das Beil was zur rechten liegt

holt aus zum letzten Schlag

trennt Kopf und Glieder ganz und gar

beendet so den Tag

Alles war voller Blut. Ein weiterer Schlag, schon hatte er auch den zweiten Arm vom Rest des Körpers getrennt. John genoss es und summte dabei das Lied seiner Mutter. Sein Hof, seine Regeln. Dies war schon immer so. Mit jeder Sekunde wurden die Schreie des jungen Mädchens lauter, doch er ignorierte sie gänzlich. Erneut holte der Bärtige zum Schlag aus. Dieses Mal traf er das rechte Bein des jungen Geschöpfs. Die Knochen begannen zu brechen unter der Wucht des Schlages. Noch lebte sie, doch schon bald hatte sie ihren letzten Atemzug vollzogen. Auf dem Boden hatte sich eine riesige Blutlache gebildet. Er nahm die abgetrennten Körperteile und warf auch diese in den Häcksler, der seine Arbeit verrichtete. Der Mond warf seine hellen Strahlen durch den Eingang des Stalls. Mit einem kräftigen letzten Schlag beendete John ihr Leid und zerschmetterte ihren Schädel, der mit einem lauten Knacken gespalten wurde. Seine Kleidung. Getränkt mit Blut, doch dies war ihm egal. Er hatte noch etwas zu erledigen. Die zwei anderen Jugendlichen trieben sich irgendwo auf seinem Hof herum und konnten das Herumschnüffeln nicht lassen. Auch für sie war es an der Zeit zu gehen. John lief nach draußen, schaute sich einen kurzen Moment lang um und ihm war klar, wo sich die anderen herumtreiben mussten. Sie waren wie auch am Nachmittag vermutlich an der Hütte und durchsuchten diese, doch dies wollte John nun für allemal beenden. Sie sollten dafür bezahlen, was sie ihm angetan hatten. Niemand ging so mit seinem Besitz um. Niemand hatte ihm gegenüber ein solch respektloses Verhalten. Langsamen Schrittes machte er sich auf den Weg, um sich der Sache anzunehmen. Ob sie den Bunker schon entdeckt hatten? Als er das große Feld überquerte, mit der Axt in der Hand, stieg in ihm immer weiter die Wut, welche er die letzten Jahre aufgestaut hatte. Respekt war das einzig Wichtige, was er forderte, doch niemand hielt sich daran sondern trat sein Hab und Gut mit Füßen. An der kleinen Hütte angekommen, fiel ihm sofort auf, dass etwas nicht stimmte. Die Tür stand offen. Nun war er sich sicher, dass die zwei anderen hier sein mussten, denn er selbst schloss die Türe jedes Mal wenn er das Gebäude verließ. Auch der Schrank war nicht mehr dort, wo er ihn zurückgelassen hatte. Er stand nicht mehr vor der Wandöffnung. Jemand hatte ihn beiseitegeschoben. Sie sollten ihrem Schicksal in die Augen blicken. John lief hinüber zu der Treppe und trat in die Dunkelheit. Schon bald würden sie ihren Freunden folgen.

Der Gestank, welcher ihnen die ganze Zeit in der Nase gehangen hatte, schien genau von diesem Ort gekommen zu sein, denn hier war der Geruch am schlimmsten. Es war kaum auszuhalten. Jack würgte und hielt sich seine Hand vor die Nase, um den Geruch etwas abzuschwächen, doch viel helfen tat es nicht. Auf dem Boden lag eine große Plane, die wie es schien, etwas verdeckte. Was sich darunter wohl befand? Jack trat näher heran auch wenn es ihm schwer fiel, denn der Geruch wurde mit jedem Meter den er näher kam schlimmer und brannte in seiner Nase. Es war schwer zu atmen und immer wieder musste er mit dem aufkommenden Brechreiz kämpfen, der sich seinen Weg bahnte. Die Plane vor sich liegend standen sie da. Auf dem Boden rundum der Plane schien Blut überall verteilt worden zu sein. Mit zitternden Händen griff Jack nach ihr und hob sie langsam an. Als er sie wenige Zentimeter angehoben hatte, konnte er seinen Augen nicht trauen. Es war Max, der vor ihm lag. Komplett verstümmelt. Die Bauchhöhle des Jungen war geöffnet und ausgeweidet. Seine Beine waren abgetrennt. Er ließ die Plane wieder fallen, rannte in die nächste Ecke des Raumes und erbrach sich. Es war einfach zu viel. Sie mussten weg von hier. Ohne weiter nachzudenken rannten sie aus dem Raum. Was war

John nur für ein krankes Schwein? Sie rannten so schnell sie ihre Beine trugen den langen Flur entlang der vor ihnen lag. Das Licht der Taschenlampe wurde schwächer. Plötzlich blieben die zwei Freunde stehen. In der Ferne hörten sie Schritte. Jack und Tom rannen die Schweißperlen die Stirn hinab. Eine Flucht schien unmöglich zu sein. Es gab keinen Ausweg mehr. Schließlich waren sie in dem Durchgangsraum angekommen und nur wenige Meter trennten sie von dem Tunneleingang. Die Schritte kamen vom anderen Ende auf sie zu. Als Jack das Taschenlampenlicht in die Öffnung scheinen lies, konnten sie niemanden sehen. Jack verlor sich in seinen Gedanken. Lies alles geschehene noch einmal Revue passieren. Wieso war alles nur soweit gekommen? Weshalb hatten sie ihr Vorhaben nicht besser planen können? Jack starrte einfach nur gerade aus. Er nahm nichts mehr von der Außenwelt war, bis Tom ihm schließlich einen Schlag auf den Hinterkopf erteilte, der ihn wachrüttelte. Layla. Sie mussten zu ihr. Die Schritte waren verstummt. Schnell eilte Jack zu dem Schrank, welcher nicht weit entfernt von ihnen stand und öffnete diesen. Sie brauchten etwas, um sich gegen den Bärtigen zu wehren. Schließlich griff Jack zu einem langen Messer, das ihm am besten dafür geeignet schien. Er drehte sich zu Tom um, der dicht hinter ihm stand und immer wieder von der einen zur anderen Seite des Raumes schaute. Die Angst war ihm ins Gesicht geschrieben. Plötzlich erstarrte Tom und blickte geradewegs in die Richtung des Tunneleingangs, durch welchen sie hierher gefunden hatten. Als Jack das Licht der Taschenlampe auf diesen richtete, konnten sie ihn schließlich sehen. Es war

John, der nur wenige Meter von ihnen entfernt den Weg nach draußen versperrte. Nun gab es kein Entrinnen mehr. In seiner rechten Hand trug er ein großes Beil von dessen metallischen Oberfläche Blut auf den Boden hinab tropfte. Jack musste schlucken. Der Fremde sagte nichts. Er schaute die zwei Freunde nur an, mit einem Ausdruck im Gesicht, den Jack nicht deuten konnte. Ein leerer Blick. Jack rannen die Schweißperlen die Stirn hinab. Was nun? Das Messer in der Hand wusste er, dass er nun handeln musste um aus dieser Situation entfliehen zu können. Langsam lief er auf John zu. Seine Beine fingen an zu zittern. Er musste versuchen den Fremden zu überlisten, doch würde es ihm gelingen? Er hatte nur diesen einen Versuch. »John lass uns einfach gehen. Wir werden niemandem erzählen, was hier vor sich gegangen ist. Lass uns einfach zu meiner Freundin gehen. Dann werden wir von hier verschwinden. Bitte!« Doch der Bärtige wich nicht von seiner Position. Er warf die Axt von einer Hand zur anderen und fing schließlich an zu lachen. Dies war der Moment, auf den der Junge gewartet hatte. Schnell zückte er das Messer und stach es dem Fremden in die Schulter. Dieser schrie auf und wich zur Seite. Schnell nahmen die beiden Freunde ihre Beine in die Hand. Sie rannten so schnell wie es ihnen nur möglich war, in der Hoffnung, John hinter sich zu lassen. Dieser schrie den Freunden hinterher, doch sie rannten einfach weiter ohne auf dessen Schreie zu achten. Schnell eilten sie die Treppe nach oben, stellten den Schrank vor die Öffnung und rannten aus der Hütte in Richtung der Scheune, in der sie Jacks Freundin zurückgelassen hatten, doch alles was sie fanden, war ein leerer Schlafsack und Blut, welches am Scheunentor auf dem Boden verteilt war. Es waren nur wenige Spritzer, doch Jack wusste, dass er ihr nicht mehr helfen konnte. »Layla!! Layla wo bist du.« Er schrie aus vollem Halse, doch auf eine Antwort wartete er Vergebens. Sie war nicht mehr da. Tom packte seinen Freund am Arm und zog ihn nach draußen. »Jack wir müssen weg von hier! Wir dürfen keine Zeit verlieren! Sie sind alle tot!« Todesangst lag in seiner Stimme. Die beiden durften keine Zeit verlieren, denn John würde weiter Jagd nach ihnen machen. »Schnell, lass uns zu seinem Schlepper. Vielleicht haben wir Glück.« Tom lief voraus und Jack folgte ihm. Sie rannten hinüber zu der Stelle an der der Abschleppwagen von John stand. Als Tom sich hineingesetzt hatte, suchte er nach dem Schlüssel für den Wagen, doch da war keiner. Der Fremde hatte den Schlüssel nicht stecken gelassen. Sie mussten zu Fuß von diesem schrecklichen Ort fliehen. »Verdammt!« Tom schlug mit seiner Faust auf das Lenkrad und sprang aus dem Fahrzeug. Noch hatte der Fremde die Freunde nicht erreicht und auch als sie sich umschauten, konnten sie ihn nirgendwo entdecken. Sie rannten durch das Feld, in die Richtung, aus der sie Tage zuvor auf den Hof gelangt waren. Mit etwas Glück würde John noch etwas beschäftigt sein, mit dem Messer, das in seiner Schulter steckte. Sie hatten die Wälder erreicht. Der Mond warf von oben seine hellen Strahlen auf die Erde hinab und erleuchtete den Waldboden unter ihren Füßen. Jack und Tom versuchten sich zu erinnern, wo genau die Straße lag, von der sie gekommen waren, doch nachdem sie sich nicht sicher sein konnten wohin sie laufen mussten, blieb ihnen nichts anderes übrig, als ihr Glück zu versuchen. Irgendein Weg würde sie schon wieder zurückbringen. Jack rannte voraus. Tränen rannen seine Wange hinab, denn in diesem Augenblick wurde ihm bewusst, was passiert war. Er hatte alles verloren, was ihm wichtig war. Nie wieder würde er die Stimme seiner Freundin hören können. John hatte sie ihm genommen. Wieso? Hinter sich vernahmen sie Schreie. Es war der Fremde, der ihnen aus weiter Entfernung folgte. Jack konnte ihn im Licht des Mondes erkennen, wie er auf sie zukam, die Axt nach oben gerissen. Sie rannten schneller. Unter ihren Füßen knackten die Äste, die sie hinter sich ließen. Sie rannten durch die Büsche und Sträucher, die ihnen im Weg standen. Tom war dicht hinter seinem Freund. Als sie abermals jedoch nach hinten blickten fehlte jede Spur von dem Farmer. Vielleicht hatte er von ihnen abgelassen. War er womöglich zurück zu seinem Hofe gegangen, um die beiden laufen zu lassen? Die Freunde starrten starr nach vorne und so kam es wie es kommen musste. Tom stolperte über den dichten Waldboden und mit einem dumpfen Schlag prallte er auf. Jack half ihm nach oben, doch der junge Mann griff sich mit schmerzverzerrter Miene an den Knöchel. Er schien sich etwas verstaucht zu haben, denn auftreten konnte er nicht mehr. Jack wollte ihn nicht zurücklassen. Sie beide mussten es schaffen. Er wollte nicht noch einen Freund an diesem grauenhaften Ort verlieren. Und wer würde ihm glauben, wenn er diese ganze Geschichte jemandem erzählte? Er nahm den linken Arm seines Freundes und legte ihn über seine Schulter. Der Wald nahm kein Ende. Wie weit mussten sie noch laufen, um die Straße zu erreichen. Sie gingen weiter. Jack hatte die Hoffnung, dass John nun endgültig das Weite gesucht hatte. Er legte seinen Freund an einem großen Baumstamm ab, hinter dem direkt ein Busch angrenzte. Hier waren sie sicher und wurden nicht so schnell gefunden. »Ich glaube er ist weg.« Jack lachte. Sie hatten zwar noch einen weiten Weg vor sich, aber der Verfolger saß ihnen nicht mehr im Nacken und sie konnten für einen kurzen Moment aufatmen. Oder doch nicht? Ein knacken im Geäst hinter ihnen ließ Jack zusammenzucken? Was war das? Etwas näherte sich ihnen. Kam direkt auf sie zu, doch im Schatten der Bäume konnte Jack nicht sehen was es war. Plötzlich kam aus dem Gebüsch etwas herausgesprungen. Es war ein Eichhörnchen, welches kurzerhand auf den nächsten Baum kletterte und von oben alles beobachtete. Die Taschenlampe wurde immer schwächer. Schon bald waren sie auf sich alleine gestellt und mussten auf den Schein des Mondes vertrauen. Alles war ruhig. Jack versuchte zu begreifen, wieso der Fremde ihnen das alles angetan hatte. Wieso hatte er all das getan? Sie wollten ihm doch nie etwas Böses. Die Freunde wollten doch einfach nur ihre Ferien genießen. Nichts weiter. Erneut rang Jack mit der Trauer in sich. Tränen rannen seine Gesichtszüge entlang und verteilten sich auf seinem schwarzen Hoodie. Er wusste, dass sie keine Zeit dafür hatten, nun sentimental zu werden. So schnell wie es nur möglich war, mussten sie weg von diesem Ort. »Lass uns weiter gehen Jack.« Es musste gehen. Sie konnten nicht weiter hierbleiben. Jack packte ihn erneut unter seinem Arm und gemeinsam liefen sei weiter durch das dichte Geäst des Waldes. Von der Straße aus erhofften sie, sich durchschlagen zu können. Etwas anderes blieb ihnen nicht übrig. Der kalte Wind wehte durch das Dickicht und wirbelte einige auf den Boden gefallene Blätter auf. Oben am Himmel fingen dunkle Wolken an sich auf zu türmen. Ein Sturm zog auf. Jack kam es wie eine Ewigkeit vor, wie sie durch den Wald irrten. Mittlerweile hatte die Taschenlampe komplett versagt und sie mussten sich auf den Mond verlassen, der ihnen immer mal wieder durch die Baumkronen Licht spendete, doch wohl schon bald von dunklen Wolken verdeckt sein würde.

»Endlich. Ich dachte schon, wir würden sie niemals finden.« Jack atmete auf. Dort war sie. Die Straße auf der sie ihren Unfall hatten. Nun mussten sie dieser nur noch folgen und schon konnte ihnen geholfen werden. Wie lange sie der Straße folgen mussten, dass wusste keiner der beiden, doch vielleicht verirrte sich ja jemand mit seinem Wagen in diese verlassene Gegend. Die zwei Freunde konnten nur hoffen und liefen los. Als sie der Straße schon mehr als eine halbe Stunde gefolgt waren, hörten sie plötzlich Motorengeräusche hinter sich. Sie waren gerettet. Helle Scheinwerferlichter kamen auf die beiden zu und sie glaubten, dass nun endlich alles ein Ende finden würde. Jack und Tom stellten sich direkt in die Mitte der Straße und winkten dem Fahrer zu, doch dieser verringerte sein Tempo nicht, sondern fuhr direkt auf die beiden zu. Was hatte er vor? Weshalb hielt er nicht an? Plötzlich hörte Jack ein Klappern, welches von dem Fahrzeug aus ging und er erkannte es. Es war der Schlepper des Fremden, der in rasantem Tempo auf die beiden zugefahren kam. John hatte sie gefunden. Als der Wagen schließlich bei Jack und Tom angekommen war, sprangen sie im letzten Moment beiseite. Sie stürzten in einen Graben, der sich entlang des Weges schlängelte und entgingen nur knapp einem Aufprall. Wenige hundert Meter von den zwei Freunden entfernt, hielt er schließlich an.»Tom wir müssen weiter!« Jack tippte seinen Freund an, doch dieser antwortete ihm nicht. Er rührte sich nicht mehr. Jack rüttelte an ihm, doch Tom schien bewusstlos zu sein. Er musste sich den Kopf auf dem harten Boden aufgeschlagen haben. Jack überprüfte seinen Puls, doch noch schien alles in Ordnung zu sein. Was jetzt? Er konnte ihn doch nicht einfach hier liegen lassen. Immer wieder blickte der junge Mann hinüber zum Wagen des Fremden, der noch immer da stand, mit eingeschalteten Scheinwerfern. John selbst saß jedoch noch immer darinnen und hatte sich nicht nach draußen begeben. Er schien ab zu warten, was sie nun tun würden. Immer wieder versuchte Jack seinen Freund wachzurütteln, doch er blieb weiter bewusstlos. Sie mussten weg von hier. Jack bereute es, das Messer nicht mitgenommen zu haben, denn nun hatten sie nichts womit sie sich verteidigen konnten. Er legte den Arm seines Freundes über seine Schulter und versuchte mit ihm den Weg fortzusetzen. So schnell es ihm möglich war, eilte er über die Straße und erneut in den Wald hinein. Wenn sie weiter auf dem Weg blieben, so würde John sie noch schneller bekommen. Zwischen dem Geäst hatten sie die Möglichkeit sich zu verstecken. Tom war schwer. Mit jedem Schritt, schwand Jacks Kraft und schon bald würde er seinen Freund nicht mehr tragen können. Aus weiter Entfernung konnte er hören, wie der Wagen des Fremden rückwärtsfuhr. Für einen kurzen Augenblick hielt der junge Mann inne und lauschte seiner Umgebung. Er konnte hören, wie eine Fahrzeugtüre zugeschlagen wurde. So schnell wie es nur ging lief er weiter, denn nun war der Fremde wohl wieder hinter ihnen her. Wenn sie sich nicht beeilten, dann würde er sie schon bald in seinen Fängen haben. Im Schein des Mondes erkannte Jack die Platzwunde am Kopf seines Freundes. Sie blutete stark. Sein Freund musste ins Krankenhaus und das schnell. Die einzige Möglichkeit die ihnen blieb, war der Wagen des Fremden. Es gab keine andere Option. Doch wie kamen sie an John vorbei, ohne dass er es bemerken würde? Jack lief mit seinem Freund über den Schultern einige Meter weiter und bog kurz darauf nach rechts ab. So unauffällig wie nur möglich versuchte er einen Bogen zu laufen, um zurück zu dem Wagen des Fremden zu gelangen. John konnte er nirgendwo sehen. Vermutlich hatte er sie aus den Augen verloren. Die Angst in Jack wuchs weiter, dass er jeden Augenblick einfach vor ihnen stehen konnte. Seine Beine fingen an, unter der Last zu erschöpfen. Seine Kräfte schwanden, doch er dachte nicht daran, einfach aufzugeben. Er wollte Leben und seinem Freund sollte es genauso ergehen. Schritt für Schritt kamen sie in der Dunkelheit voran. Als Jack in Richtung der Straße blickte, konnte er die hellen Scheinwerfer des Schleppers erkennen. Nur noch wenige Meter, dann hatten sie es geschafft. John konnte er nirgendwo entdecken. Als die beiden das Fahrzeug erreicht hatten, wuchtete Jack seinen Freund auf den Beifahrersitz. Dann lief er um den Schlepper herum, setzte sich auf die Fahrerseite. Er konnte es nicht fassen. Sie hatten es tatsächlich geschafft. Jack drehte den Schlüssel im Zündschloss, doch der Wagen stotterte nur und ging sofort wieder aus. Was war passiert? Wieso funktionierte der Wagen nicht mehr? »Komm schon du Dreckskarre! Geh an!« Verzweifelt drehte Jack den Schlüssel ein zweites Mal und schließlich ertönte ein lauter Knall. Der Motor des Wagens hatte das Arbeiten begonnen. Schnell trat der Junge auf das Gaspedal. Sie hatten es geschafft. Jack war glücklich, auch wenn sein Leben nun ein anderes war. Seine Freundin war für immer weg. Layla, Max und Kathrin, die jahrelang an seiner Seite gewesen waren, würden ihm nie wieder zu Seite stehen. Für immer würden sie einen Platz in seinem Herzen haben. Er wünschte sich, sie hätten diesen Trip niemals unternommen, doch man konnte die Vergangenheit nun mal nicht ändern. Man hatte nur eine Chance im Leben. Jack fuhr so schnell er nur konnte. Er begann zu verstehen, dass sie es geschafft hatten. Sie waren dem Fremden entkommen. Er stellte nun keine Gefahr mehr für die Freunde da. Ein dumpfer Schlag, welcher vom Dach des Wagens zu kommen schien, riss den Jungen aus seinen Gedanken und er trat auf die Bremse. Schon nach nur wenigen Metern kamen sie zum Stehen. »Was zur Hölle war das?« Der junge Mann schaute aus den Fenstern des Fahrzeugs, doch draußen in der Dunkelheit konnte er nichts Auffälliges entdecken. Nachdem er noch einige Sekunden versuchte die Ursache zu erkennen, entschied er sich schließlich dazu, seinen Weg fortzusetzen. Sie mussten aus diesem Wald heraus. Erst dort draußen waren sie sicher. Erneut versuchte er den Motor zu starten, doch abermals tat sich nichts. Der Wagen fing das Stottern an, doch dieses Mal startete er nicht wieder. Mehrmals versuchte der junge Mann es, doch es ging nicht weiter. Plötzlich, als Jack gerade aussteigen wollte, sah er am Fenster der Fahrertür das Gesicht des Fremden. Mit einem schadenfrohen Grinsen blickte er durch die Scheibe und zog schließlich mit einem kräftigen Ruck die Türe auf, noch bevor Jack diese verriegeln konnte. Er versuchte sich zu wehren, doch John packte sich ihn und riss ihn aus dem Wagen. Zusammengekauert lag dieser auf dem Boden. Noch immer trug John das Beil in seinen Händen. Er lachte und holte zu einem kräftigen Schlag aus. Das Beil suchte sich seinen Weg. Blut floss im Regen des Waldes die Straße entlang. Es war vorbei. Ruhe war eingekehrt. John stieg in seinen Wagen. Es war Zeit, nach Hause zu gehen. Er hatte noch vieles zu erledigen.